Brigitte Seifert

Bis neu mir das Leben erwacht

Brigitte Seifert

Bis neu mir das Leben erwacht

Erzählungen und Gedichte zu Themen der Bibel

Fromm Verlag

Impressum/Imprint (nur für Deutschland/ only for Germany)
Bibliografische Information der Deutschen Nationalbibliothek: Die Deutsche Nationalbibliothek verzeichnet diese Publikation in der Deutschen Nationalbibliografie; detaillierte bibliografische Daten sind im Internet über http://dnb.d-nb.de abrufbar.

Coverbild: www.ingimage.com

Contact:
International Book Market Service Ltd., 17 Rue Meldrum, Beau Bassin, 1713-01 Mauritius
Website: www.bookmarketservice.com
Email: info@bookmarketservice.com

Gedruckt in: USA, UK, Deutschland. Dieses Buch wurde nicht in Mauritius produziert.

Imprint (only for USA, GB)
Bibliographic information published by the Deutsche Nationalbibliothek: The Deutsche Nationalbibliothek lists this publication in the Deutsche Nationalbibliografie; detailed bibliographic data are available in the Internet at http://dnb.d-nb.de.

Cover image: www.ingimage.com

Contact:
International Book Market Service Ltd., 17 Rue Meldrum, Beau Bassin, 1713-01 Mauritius
Website: www.bookmarketservice.com
Email: info@bookmarketservice.com

Printed in: U.S.A., U.K., Germany. This book was not produced in Mauritius.

ISBN: 978-3-8416-0267-1

Inhalt

I. märchenhaft

Evangelium im Gewand des Märchens

Ringelnatz

Eine Weihnachtsgeschichte für Ramona

Evangelisches Gesangbuch, Nr. 39

Ringelnatz[1] hatte schlechte Laune. Das hatte er meistens. Darum nannten ihn seine Freunde „Ringel-Gnatz". Er rollte sich zusammen und nahm seinen Komm-mir-ja-nicht-zu-nahe-Blick an. Eigentlich war er überhaupt nicht giftig, obwohl er eine echte Schlange war. Aber eben keine Giftschlange. Im Grunde konnte er niemandem etwas zu Leide tun. Streng achtete er auf rein vegetarische Ernährung. Weil mit ihm nicht gut Kirschen essen war, schlängelte er sich meistens alleine durch`s Gras. Aber das machte keinen Spaß. Er hatte es satt, das elende Bauchkriecherleben. Neidisch schaute er auf die Schafe, die heute in seinem Revier weideten. ‚Die können wenigstens aufrecht stehen. Sie haben Hirten, die sich um sie kümmern, und Hunde, die sie schützen. Um mich kümmert sich niemand, mich schützt kein Hund, und nach mir kräht kein Hahn.' Die Sonne war schon untergegangen. Trübsinnig schlängelte sich Ringel-Gnatz in sein Versteck, wo er die Nacht zu verbringen pflegte. Keiner war da, dem er „Gute Nacht" wünschen könnte. Keiner wünschte ihm „Gute Nacht".

Plötzlich, mitten in der Nacht, wurde es hell. Seltsame Geräusche hatten ihn geweckt. So etwas hatte er noch nie gehört. Er kroch ein wenig heraus aus seiner Höhle - und erschrak gewaltig. Am ganzen Himmel waren helle Gestalten zu sehen. Wunderschön sahen sie aus, aber er fürchtete sich vor ihnen. Von ferne hörte er sie singen - von einem Kind und einem Retter, von

---

[1] In der Welt der sichtbaren Dinge ist Ringelnatz eine große Schlange aus Plüsch, die vor Fenster- und Türritzen gelegt werden kann, um Zugluft zu vermeiden.

Windeln und von Frieden, als ob das alles etwas miteinander zu tun hätte. ‚Vielleicht ist ein Kind in Gefahr und muss gerettet werden. Bestimmt, weil kein Frieden ist.‘ dachte er. Aber die Hellen klangen froh, und sie sangen „Ehre sei Gott in der Höhe".

So plötzlich, wie sie gekommen waren, waren sie auch wieder weg. Alles still und dunkel wie zuvor. Aber die Hirten waren aufgeregt. Und - Ringelnatz traute seinen Augen nicht - sie ließen die Herde im Stich! Sie liefen davon! Ringelnatz war neugierig geworden. ‚Nichts wie hinterher!‘ sagte er sich. ‚Ich muss sehen, was die vorhaben.‘

Schon von weitem sah er, dass dort hinten etwas leuchtete. ‚Bestimmt ist ein Feuer ausgebrochen.‘ dachte er. Als er näher kam, sah er, dass das kein normales Feuer war. Ganz viele Helle waren da und hatten sich um eine Höhle versammelt. Auf einmal wurde Ringelnatz starr vor Schreck: Er sah Diabolé *(sprich: diaboläh)*, die alte Giftschlange. Nicht irgend eine, sondern die, vor der alle Geschöpfe zittern, weil sie alle tötet, die ihr vor die Augen kommen. Ringelnatz sah, dass sie unheimlich wütend war. Ihre Augen glühten vor Zorn. Anscheinend wollte sie unbedingt in die Höhle. Aber die Hellen ließen sie nicht hinein, und denen konnte sie nichts anhaben mit ihrem Biss. Die Hirten sahen weder die Hellen noch die alte Schlange. Ringelnatz wollte sie warnen, doch Menschen verstehen die Schlangensprache nicht. Ohnmächtig musste er zusehen, wie Diabolé zum Angriff startete. Glücklicherweise waren schon einige von den Hellen zur Stelle. Von denen wurde Diabolé so geblendet, dass sie wutschnaubend von den Hirten abließ. ‚Hoffentlich entdeckt sie mich nicht! Lieber Gott, schütze mich vor der alten Schlange.‘ Das war das erste Mal seit langer Zeit, dass Ringelnatz betete. Er hatte auch noch nie solche Angst gehabt. Vorsichtig versuchte er, den Rückzug anzutreten. Zu spät. Diabolé entdeckte ihn, stürzte auf ihn zu und biss ihn hinter dem Kopf. Ringelnatz wurde sofort bewusstlos und wäre binnen einer Minute tot gewesen.

War er aber nicht. Er kam zu sich, und es war ganz hell und wunderbar warm. ‚Ich bin im Paradies!' dachte er.

„Hallo, da bist du ja wieder!" sagte jemand, und Ringelnatz merkte, dass es einer von den Hellen war. „Was ist denn passiert?" fragte Ringelnatz verwirrt. „Du bist böse gebissen worden. Ich hab's gesehen und erste Hilfe geleistet. Also, ich hab' die Wunde ausgesogen. Sonst hättest du keine Chance gehabt. Aber weil diese Art Gift auch für unsereinen nicht ganz ungefährlich ist, musste ich mich erstmal setzen. Mir ist nämlich ziemlich übel." „Tut mir leid, ehrlich. Und Diabolé? Wo ist die jetzt?" - „Die konnten wir für's erste vertreiben. Aber sie wird wiederkommen. Sie hat es auf das Kind da drin abgesehen. Denn sie weiß: Wenn der Junge groß wird, wird er ihr den Kopf zertreten." - „Was für ein Kind?" Ringelnatz verstand überhaupt nichts mehr. Denn niemand - kein Tier und kein Mensch - kann der alten Schlange den Kopf zertreten, ohne selbst getötet zu werden. Das weiß jeder im Universum. Nun ja, vielleicht die Menschen nicht. Die sind einfach zu dumm für solche Dinge.

Der Helle antwortete: „Da drin liegt der König des Lichts als ein kleines Menschenkind." Ringelnatz konnte es nicht fassen. „Aber dann ist er doch in Gefahr! Dann kann Diabolé ihn töten! " - „Ja, das kann sie." Der Helle wurde plötzlich traurig. „Deshalb haben wir ja Großeinsatz hier unten. Und wenn sie an IHN nicht herankommt, beißt sie vor Wut alles, was ihr vor die Augen kommt." Ringelnatz wollte den Hellen trösten, aber er wusste nicht, wie er das anstellen sollte. Noch nie hatte er jemanden getröstet, schon gar nicht einen Angehörigen des himmlischen Heeres. So sagte er nur: „Das kann ja heiter werden!" Nicht ganz passend, fand er später.

Während des ganzen Gesprächs hatte er im Gewand des Hellen gelegen, sozusagen in seinem Schoß. Das erste Mal, seit er denken konnte, lag er nicht zusammengerollt. Und noch nie hatte er mit irgend jemandem so viele zusammenhängende Worte gesprochen. In dieser Nacht war eben alles anders.

„Ich muss weiter." sagte der Helle. „Dir scheint es ja schon wieder ganz gut zu gehen." „Das geht nicht!" jammerte Ringelnatz. „Dann bin ich ja wieder alleine!" Der Helle überlegte einen Moment: „Sag mal, wir können jeden auf der Erde brauchen, der uns unterstützt. Das wird aber hart! Denn Diabolé wird keine Ruhe geben. Willst du trotzdem bei uns bleiben?" - „Klaro!" Ringelnatz spürten einen mächtigen Mut in sich wachsen.

So kam es, dass er bei den Hellen blieb, immer in der Nähe des Kindes. Bald entdeckte er, dass er eine ganz besondere Gabe hatte: Er sichtete selbst die kleinsten Ritzen und Schlupflöcher, durch die die kalte Finsternis einzudringen versuchte. Oft legte er sich selbst davor, damit das Kind und die Seinen geschützt blieben. Oder er gab den Hellen Bescheid, dass sie die Stelle absicherten. Immer seltener rollte er sich zusammen. Er kam einfach nicht mehr dazu, er hatte zuviel zu tun. Das Kind kannte ihn bald und lachte ihm zu. Seiner Mutter war es anfangs gar nicht recht, Ringelnatz so nahe bei ihrem Kleinen zu sehen. Dabei wusste sie doch, dass Ringelnatz weder giftig noch sonst irgendwie gefährlich war! Mit der Zeit gewöhnte sie sich an die seltsame Leibwache.

Oft unterhielt sich Ringelnatz mit den Hellen. Sie verstanden wenigstens seine Sprache! Am liebsten aber legte er sich vor die Ritzen, um die Macht der Finsternis fernzuhalten von dem Kind und von denen, die zu ihm gehörten. Sein Komm-mir-nicht-zu-nahe-Blick leistete ihm dabei übrigens gute Dienste. Aber den richtete er nur noch gegen die Verbündeten der alten Schlange. Seine Freunde, die alten wie die neuen, trafen ihn kaum noch mit schlechter Laune an. Das hatte er nicht mehr nötig, seit das Kind und die Hellen zu seinen Freunden gehörten. Schließlich hatte er Wichtigeres zu tun!

Die kleine Trommel[2]

„Singet dem HERRN ein neues Lied, denn er tut Wunder."

Psalm 98,1

Es waren einmal viele verschiedene Instrumente. Die spielten eine zeitlang munter miteinander. Eines Tages aber geschah es, dass sich die Trompete über die Flöte ärgerte: "Du pfeifst so entsetzlich hoch!" warf sie ihr vor. "Und du? Du bläst so laut, dass mich keiner mehr hört!" entgegnete die Flöte entrüstet. Die Geigen mischten sich ein: "Ihr blast alle beide ganz unmöglich, immer drängt ihr euch vor!"

Es dauerte nicht lange, da schimpften alle auf einmal. Der Lärm war wirklich kaum noch zum Aushalten. Die kleine Trommel versuchte zu schlichten, aber der Tumult wurde nur größer.

Bald bildeten sich Fraktionen. Die Blechbläser regten sich über die Streicher auf: "Ihr seid zu konservativ!" Die Streicher wiederum konnten die Blechbläser nicht ertragen: "Ihr scheppert so fürchterlich, das ist ja keine Musik mehr!" Die Flöten, Oboen und Klarinetten fanden sich zur Partei der Holzbläser zusammen. Ihnen wurde vorgeworfen: "Ihr seid ja unsauber!" Mit denen wollte keiner mehr spielen, und sie blieben auch lieber unter sich. Als Einzelkämpfer blieben das Klavier und die kleine Trommel übrig. Das Klavier konnte sowieso keiner leiden. Das hatte so ein starkes Geltungsbedürfnis. Daran störten sich die anderen immer. Freilich, es war wirklich vielseitig begabt. Und die kleine Trommel, die traute sich überhaupt nichts mehr zu sagen. Sie meinte immer, ihr Takt passe sowieso nicht dazu. Und wenn sie doch einmal etwas zu sagen wagte, bekam sie sofort zu hören: "Du sei bloß still, du fehlst uns gerade noch."

Lange ging der Streit hin und her. Zeiten, in denen man sich lautstark

---

[2] Frei gestaltet nach einer Kurzgeschichte von Gottfried Hänisch: Der Streit der Instrumente, in: Fanny Herklotz (Hg.), Die Einreibung, Evangelische Verlagsanstalt Berlin 1977, 3. Aufl, S. 164f.

beschimpfte, wechselten mit solchen, in denen man überhaupt nicht mehr miteinander redete. Eisige Stille. Nur innerhalb der Fraktionen wurde noch getuschelt. Doch selbst da gingen sich die Gruppenmitglieder gegenseitig auf die Nerven oder auf die Saiten. An ein Zusammenspielen war nicht mehr zu denken.

Die Orgel hörte vom Streit der Instrumente. Sie erschrak: "Ich bin ruiniert, wenn meine Kinder sich von diesem Streit anstecken lassen!" Schützend breitete sie ihre Arme um die Pfeifen. Die aber fragten verwundert: "Was streiten die sich denn? Versteht ihr das?" Die Rohrflöten der Orgel hatten längst begriffen, dass sie für bestimmte Stücke nicht gebraucht wurden. Dazu waren sie zu zart und zu leise. Sie überließen dann lieber den Prinzipalen das Feld. Und die Prinzipale wussten auch, wann sie zu schweigen hatten, damit die zarteren Stimmen Gehör finden konnten. Natürlich wünschten sich die Zungenstimmen manchmal, öfter gebraucht zu werden. Aber wenn sie dann dran waren, hörte jeder nur auf sie. Das entschädigte für alles. Zuweilen litten sie ja auch selbst darunter, dass sie so schnell verstimmten, was das Zusammenspiel öfter erschwerte. Doch die Orgel kümmerte sich besonders um ihre empfindsamen Zungenstimmen. So blieben bei ihr und ihren Kindern Eintracht und Frieden gewahrt.

Die anderen Instrumente hatten schließlich die ewige Streiterei satt. Aber sie wussten nicht, wie sie wieder zueinander finden konnten. Da kam die kleine Trommel auf die Idee, die Orgel um Rat zu bitten. Diesmal fanden alle, der Vorschlag der Trommel sei gut. Sie gingen gemeinsam zur Kirche und erzählten der Orgel - natürlich redeten alle durcheinander - von ihren Schwierigkeiten. Lange hörte die Orgel zu. Auch ihre Kinder waren still. Dann sagte sie: "Bitte stellt euch alle auf dem Altarplatz auf." Die Instrumente suchten sich jedes einen günstigen Platz und konnten sich nach einer Weile auch über die Aufstellung einigen. Die Orgel rief nun jedes Instrument einzeln auf und bat es, eine Lieblingsmelodie zu spielen. Die anderen sollten dabei zuhören. Es begannen die leisesten Instrumente. Die Blockflöte spielte ein

Frühlingslied. Das gefiel allen gut. Kleine Fehler überhörten sie. Als die Reihe an das Waldhorn kam, blies es ein weiches, schwermütiges Stück. Da kamen einigen Geigen sogar die Tränen. Es dauerte eine ganze Zeit, bis jedes seine Melodie gespielt hatte. Aber niemandem wurde es langweilig. Es war, als würden sie einander zum ersten Mal hören. Selbst das Klavier gab sich diesmal bescheiden und spielte nur ein ganz kurzes Stück. Dafür aber ausgezeichnet.

Zum Schluss sollte die Trommel spielen. Doch die sagte traurig: "Allein klingt das nicht, wenn ich trommele." Der Trompete tat das leid, und sie schlug vor: "Weißt du was, du gibst den Rhythmus vor, und ich blase eine Melodie dazu." Erfreut stimmte die Trommel zu. Und alle bewunderten die Trommel, wie taktvoll sie die Trompete begleitete. Den Geigen gefiel das so gut, dass sie Lust bekamen mitzumachen. Schnell besprachen sie sich mit den Bratschen und Celli und bildeten ein wohlklingendes Streichorchester zum Solo der Trompete und dem taktvollen Trommelklang. Einem nach dem anderen ging auf, dass sie wieder miteinander musizieren konnten. Jeder fand die Töne, die dazu passten. Und alle hatten Freude daran. Natürlich wussten sie: Wir müssen noch viel miteinander üben. Aber dessen ließen sie sich nicht mehr verdrießen.

Und wenn sie sich nicht wieder gestritten haben, spielen sie noch heute munter und fröhlich miteinander.

Cindy

„Ist jemand in Christus, so ist er eine neue Schöpfung.
Das Alte ist vergangen, siehe: Neues ist geworden."

2. Brief an die Korinther 5,17

Solange Cindy denken konnte, lebte sie auf der Straße. Ein anderes Zuhause kannte sie nicht. Aber es ließ sich leben. Sie hatte einige Freunde. Mit denen gab es allerhand Spaß. Jeder musste für sich selber sorgen. Sie verdiente einiges, indem sie für die Leute tanzte. Außerdem war sie zu einer geschickten Taschendiebin geworden. Wenn es kalt war, fanden sie meistens einen geschützten Ort, wo sie nicht vertrieben wurden. Sie konnte sich ihr Leben nicht anders vorstellen.

Eines Tages aber lernte sie Manoel kennen. Manoel sah, wie sie tanzte. Anstatt ihr Geld zu geben, lud er sie zu einem Eisbecher ein. Das ließ sie sich nicht zweimal sagen. Er schien einen superreichen Vater zu haben. Interessiert hörte Cindy zu, als Manoel erzählte: Sein Vater sei der Chef einer großen Stiftung, die Straßenkindern eine gute Ausbildung ermöglicht.

Cindy war misstrauisch. Sollte sie sich auf so ein Angebot einlassen? Sie liebte ihre Freiheit. Aber ehrlich gesagt, eine Perspektive für ihr Leben wünschte sie sich schon. „Überleg dirs!" sagte Manoel. „Das Leben auf der Straße macht dich kaputt. Dafür bist du zu schade!" – ‚Zu schade?' wunderte sich Cindy. So etwas hatte noch nie jemand zu ihr gesagt.

Von da an sah sie Manoel öfter. Er fragte immer, wie es ihr gehe, was sie erlebt hatte. Eigenartig: Sie hatte das Gefühl, er verstand sie – obwohl er doch keine Ahnung haben konnte. Niemals zuvor hatte sie jemandem so viel von sich erzählt. Und jedes Mal wurde ihr ganz leicht und wohl ums Herz. Er drängte sie nicht, mit ins Haus und in die Schule seines Vaters zu kommen. Aber sie wusste, er wartete auf ihr Ja. Wenn sie dann wieder ihres Weges ging, schaute er ihr nach. Als läge ihm wirklich an ihr. Er sorgte sich um sie. Das konnte sie nicht leiden – obwohl, obwohl sie sich eigentlich danach sehnte, immer in seiner Nähe zu sein.

Eines Tages bat Manoel sie, auf seine Sachen aufzupassen, er müsse dringend etwas erledigen. Das war *die* Gelegenheit! Sie nahm die Sachen an sich und verschwand. Bargeld, Scheckkarte. Sie konnte sie nutzen, denn sie wusste seine Geheimzahl. Darin war sie besonders geschickt.

So gut hatte sie noch nie gelebt! Aber auch noch nie so schlecht. Sie hatte ihn enttäuscht. Sie hatte sein Vertrauen missbraucht. Dabei hatte sie ihn so gern wie sonst niemanden, und sie wusste, dass auch er sie gern hatte. Nun konnte sie nur noch zusehen, dass sie ihm nie wieder begegnete. Tag für Tag war sie auf der Hut und versteckte sich vor ihm. Ihre Freunde sagten ihr, er würde überall nach ihr fragen. Sollte er doch! Sie würde ihm schon auszuweichen wissen. Eines Tages aber konnte sie es nicht: Zwei Männer waren hinter ihr her. Sie hatte ihnen Geld gestohlen – nicht viel, aber die wollten etwas ganz anderes von ihr. Böse klang ihr Lachen und brutal. Die würden sie fertig machen, das war ihr klar. Sie hatte riesige Angst. Die schnürte ihr die Kehle zu. Sie konnte nicht einmal schreien, als die Männer sie an die Wand drückten.

Plötzlich tauchte Manoel auf: „Lasst sie in Ruhe! Was fällt euch ein?! Das ist meine Schwester!" Er griff die beiden Männer an. Das hätte sie ihm nie zugetraut! Sie entwischte, während die beiden auf Manoel einschlugen. Als Leute hinzukamen, machten sie sich aus dem Staub. Was war mit Manoel geschehen? Aus der Ferne beobachtete sie, wie der Rettungswagen ihn mit Blaulicht abtransportierte. Warum hatte er das getan? Lebte er überhaupt noch?

Oft weinte sie nachts. Wenn sie träumte, dann sah sie das Blut auf der Straße. Sein Blut. Er hatte ihr das Leben gerettet - und sie war weggerannt! Sie musste ihn finden.

So wagte sie es schließlich, sich bis zum Haus von Manoels Vater durchzufragen. Ihre Hand zitterte, als sie klingelte. Eine freundliche Frau gab ihr Auskunft: Manoel sei schwer verletzt gewesen und habe lange im

Krankenhaus gelegen. Aber jetzt sei er wieder zu Hause. Ob sie ihn sprechen wolle? Cindy erschrak! Mit ihm sprechen? Wie sollte sie ihm in die Augen sehen! Noch ehe sie antworten konnte, kam er selbst den Flur entlang und hatte sie entdeckt: „Cindy, wie schön, dass du gekommen bist!" – „Manoel!" stotterte sie – und brach in Tränen aus. Lange konnte sie gar nichts sagen. Sie schluchzte und schluchzte. Er streichelte ihre Hände, bis sie ruhiger wurde. „Manoel, es tut mir so leid – dass ich weggelaufen bin, dass sie dich geschlagen haben – und das mit deinem Geld ..." Sie legte die Kreditkarte und die anderen Sachen vor ihn auf den Tisch.

„Ja, das war schlimm für mich", sagte er, „als du mit meinen Sachen weggegangen warst. Ich war stinkesauer." Es entstand eine quälende Pause. „Aber jetzt bist du ja zurückgekommen." – „Warum hast du gesagt, ich sei deine Schwester, als die Männer mir wehtun wollten?" fragte Cindy. Jetzt lachte Manoel: „Alle Straßenkinder sind meine Brüder und Schwestern. Wusstest du das nicht?" Cindy konnte es nicht begreifen: „Aber du hast dein Leben für mich riskiert, obwohl ich dich betrogen hatte. Warum?" Manoel nahm sie in seine Arme: „Weil ich dich lieb habe, Cindy. Hast du das noch nicht gemerkt?" – „Doch", sagte sie leise, „aber ich konnte's nicht glauben. Jetzt weiß ich's."

Cindy blieb in Manoels Haus, im Haus seines Vaters, den sie bald genauso lieb gewann wie Manoel. Eifrig lernte sie, um die versäumte Schulbildung nachzuholen. Sogar Tanzunterricht konnte sie nehmen. Oft besuchte sie ihre alten Freunde auf der Straße und lud sie ein, mit in Manoels Haus zu kommen. Die meisten aber wollten nicht. Sie war traurig darüber und konnte es nicht verstehen – jetzt, wo sie das neue Leben kennen gelernt und dort ihr Zuhause gefunden hatte. Trotzdem ging sie gern zu ihren alten Freunden und half ihnen, wo sie konnte.

Ihre Liebe zu Manoel aber wurde stärker und tiefer, je besser sie ihn kennenlernte. Und als er sie nach einigen Jahren fragte, ob sie seine Braut werden wolle, da sagte sie voller Freude: JA.

Franzens Rucksack

„Ja, Gott ist meine Rettung; ihm will ich vertrauen und niemals verzagen."

Jesaja 12,2

Franz nimmt es ernst mit der Nachfolge Christi. Zum Geburtstag schickt ihm seine Mutter eine Karte mit einem Bibelspruch. Das tut sie immer. Sie ist eine fromme Frau. Diesmal steht auf der Karte: *„Ja, Gott ist meine Rettung; ihm will ich vertrauen und niemals verzagen."* Das gefällt dem Franz, und er sagt sich: ‚Das nehme ich mir zu Herzen! Damit wird mir der Weg durch das neue Lebensjahr bestimmt leichter fallen.' Und so nimmt er sein Gepäck und macht sich auf den Weg.

Der Rucksack ist schwer. Aber Franz sagt: ‚Ich vertraue, dass Gott mir hilft. Deshalb schaffe ich das!' Er schleppt sich ab. Obwohl er sich so fest vorgenommen hatte, nicht zu verzagen, seufzt er hin und wieder. Bald muss er sich ausruhen. Und er ist schon nicht mehr ganz so zuversichtlich wie am Anfang. Trotzdem, nach einer kurzen Verschnaufpause rappelt er sich wieder auf: ‚Ich *will* auf Gott vertrauen! Der legt mir nicht mehr auf, als ich tragen kann.' Weiter geht's. Jeder Schritt fällt schwerer. Die Last auf seinen Schultern drückt ihn fast zu Boden. ‚Jeder hat sein Päckchen zu tragen.' sagt er sich. Aber sein Gottvertrauen hat einen Knacks bekommen. ‚Gott ist meine Rettung?' Fragezeichen. Franz ist über sich selbst erschrocken. ‚Jetzt stelle ich sogar schon Gottes Wort in Frage!' Schnell verbietet er sich das Fragezeichen. ‚Ja, Gott *ist* meine Rettung!' Ausrufezeichen! Der Rucksack auf seinem Rücken aber wird nicht leichter. Im Gegenteil. Franz stöhnt. Soll das denn immer so weitergehen? Ich kann bald nicht mehr! Trotzdem geht er weiter. ‚Ich will nicht verzagen! ... Nicht verzagen! ... Auf Gott vertrauen!' so befiehlt er sich selbst.

Eine Weile funktioniert es. Doch bald schon muss er sich wieder ausruhen.

13

Und sobald er zur Ruhe gekommen ist, rutscht ihm sein Gottvertrauen davon. Franz ist verzagt. Der Rücken schmerzt. Die Glieder sind matt. Verzweiflung kriecht durch seine Seele. ‚Gott, mein Gott!' seufzt Franz. ‚Hilf mir doch!' Sogleich steht ein junger Mann bei ihm: „Gestatten Sie, Gotthilf ist mein Name." – „So ein altmodischer Name! Was wollen Sie von mir?" – „Sie haben Gott angerufen, und nun bin ich zu Ihnen gesandt. Sie können mich auch ‚Elieser' nennen, das bedeutet das gleiche. Darf ich Ihnen tragen helfen?" – „Ehrlich gesagt, das ist mir peinlich." entgegnet Franz. „Aber ich schaff's wirklich nicht mehr. Ich glaube, Sie hat der Himmel geschickt." Gotthilf lächelt schelmisch und hebt den Rucksack auf. Sofort setzt er ihn wieder ab. „Der ist einfach zu schwer. Es hilft nichts, wir müssen umpacken." – „Das geht nicht!" protestiert Franz. „Was meinen Sie, wie mühsam es war, alles hineinzubekommen!" – „Eben." antwortet Gotthilf ungerührt und beginnt seelenruhig, den Rucksack aufzuschnüren. „Was nehmen Sie sich denn heraus! Das ist schließlich *mein* Rucksack! Ich muss endlich weiter!" Franz ist empört.

Doch Gotthilf hat schon das erste Gepäckstück herausgeholt. „Was ist denn das für ein hässlicher Klumpen?" fragt er. „Der neueste Krach. Er liegt noch ganz obenauf." Franz erzählt. Er hatte sich so gefreut, seine Freunde mit ihren Kindern wiederzusehen. Aber als die dann tobten und durcheinander schrien, hatte er die Nerven verloren. Er war grantig geworden. Die Stimmung wurde gereizt, und von Wiedersehensfreude keine Spur mehr. „Das macht dich traurig." Gotthilf ist unvermittelt zum Du übergegangen. „Aber du solltest das nicht mit dir herum schleppen. Habt ihr euch danach wieder vertragen?" – „Ja, natürlich. Es war später auch noch richtig schön. Aber dass ich so eklig sein kann!" – „Leg' den Klumpen ab. Deine Freunde sind nicht nachtragend und Gott erst recht nicht." empfiehlt Gotthilf.

Der Rucksack ist schon um einiges leichter. Aber Gotthilf packt weiter aus. Ein Stoß Bücher kommt zum Vorschein. „Die brauchst du sicher noch." sagt er zu Franz. „Ja, aber sie belasten mich auch. Es geht um die Gefahren, die mit dem Klimawandel auf uns zukommen, um das Gewaltpotenzial unter Jugendlichen und um die wirtschaftlichen Probleme." – „Ich packe dir eine von unseren Kerzen mit dazu, dann erkennst du, was du tun kannst, und quälst dich nicht mehr mit dem, was du nicht ändern kannst." Als Gotthilf die Kerze zu den Büchern legt, wiegen sie plötzlich nur noch halb so viel. Franz weiß, was er zu tun hat. Er wird endlich die Patenschaft für ein Waisenkind in Afrika übernehmen, was er längst tun wollte. Doch immer war etwas dazwischen gekommen.

Gotthilf aber kramt noch tiefer in Franzens Rucksack. Ein großer Klumpen Ärger kommt zum Vorschein. „Wie lange schleppst du den denn schon mit dir herum?!" wundert er sich. „Seit fünf Jahren." erwidert Franz resigniert. Und er erzählt die ganze Geschichte, wie er ungerecht behandelt worden ist. Sein bester Freund hat ihn im Stich gelassen. Und als er ihn zur Rede stellte, meinte er nur verständnislos, Franz solle nicht so empfindlich sein. Aber das half nichts. Und so wickelte Franz die Enttäuschung über seinen besten Freund in Ärger ein. „Den Ärger lassen wir am besten hier. Der ist verjährt." rät Gotthilf. „Die Enttäuschung kann ich dir leider nicht abnehmen. Aber wir wickeln sie in unser himmlisches Verpackungsmaterial." Gotthilf bringt ein helles, weiches Tuch hervor. Es ist getränkt mit der Wahrheit und mit der Liebe Christi. Sobald Franz seine Enttäuschung darin einhüllt, merkt er, wie er seinem Freund verzeihen kann. Und ihm scheint, der Klumpen ist um ein Vielfaches geschrumpft.

Als nächstes bringt Gotthilf eine Stahlkassette hervor, verschlossen mit einem überdimensional dicken Vorhängeschloss. Das ist Franzens Selbstbeherrschung. „Wir müssen die Kassette öffnen." mahnt Gotthilf. In Franz steigt eine mächtige Angst hoch. „Nur das nicht! Ich habe keine Ahnung, was in der Kassette verschlossen ist, aber es ist bestimmt nichts Gutes!" Gotthilf untersucht das Schloss. „Dann ist es höchste Zeit, das Zeug zu entsorgen." Franz gerät in Panik und reißt Gotthilf die Kassette aus den Händen. „Was tust du da?!" schreit er voller Zorn – doch da ist die Kassette schon offen. Franz hat die Beherrschung verloren. Gotthilf, der sich anscheinend durch nichts aus der Ruhe bringen lässt, bittet: „Gib sie mir zurück, mir schadet sie nicht." Gemeinsam schauen sie den Inhalt an. Franz wird immer bleicher. Nie hätte er gedacht, dass er so viel Bitterkeit mit sich herumschleppt, so viel verborgene Wut, so viele böse Gedanken... Am liebsten hätte er alles auf den Müll gekippt. Doch Gotthilf hat eine bessere Idee: „Das lässt sich recyceln. Du hast wertvolle Seelenkräfte in die Stahlkassette eingeschlossen. Wenn du frischen Wind, ich meine den Geist Gottes, an die dunklen Kräfte deiner Seele heran lässt, wirst du staunen!" Tatsächlich: Franz legt die Bitterkeit an die frische Luft und spürt, wie der Mief verfliegt. Zurück bleibt etwas Erfrischendes. Die Bitterkeit verwandelt sich nach und nach in – ja, in was eigentlich? Franz kann die Schwächen der anderen und seine eigenen auf einmal annehmen, auch wenn er sie nicht gutheißt. In Toleranz? In Offenheit? In Herzensgüte gar?

So wagt er es, auch die verborgene Wut ans Licht kommen zu lassen. Gotthilf steht ihm bei, indem er geduldig zuhört, wie Franz sich Luft macht. Am Ende ist aus der Wut Mut geworden. Der Mut, Probleme anzugehen, der Mut, sich zu wehren, wenn's nötig ist. Der Mut, klare Worte zu sprechen. Franz staunt: ‚Manche Wut ist in Wirklichkeit verkehrter Mut! Man braucht also nur das Verkehrte mit dem frischen Wind des Gottesgeistes zusammenzubringen, und dann wird aus der Wut wieder eine Kraft zum Leben.' Die alten Verletzungen und manches andere will Franz nun wieder in die Stahlkassette einschließen. Sie gehören halt in seinen Rucksack. Doch Gotthilf meint, es wäre besser, sie ebenso wie die Enttäuschung in himmlisches Verpackungsmaterial einzuhüllen. Ein Tuch ist mit dem Frieden Gottes getränkt, ein anderes mit Klarheit, ein drittes mit Verzeihung. Gotthilf hat genug davon. Und so wickelt Franz alles, was noch in der Stahlkassette liegt, in solche Tücher ein. Er schämt sich, als er das alles zu Gesicht bekommt. Aber die dunklen Dinge verlieren dabei so sehr an Gewicht und Umfang, dass ihm trotz seiner Scham ganz leicht und wohl zumute wird.

Die Stahlkassette packen sie nicht wieder ein, statt dessen kommt alles in einen Beutel, der aus Gotthilfs Tüchern genäht wurde. Noch einige andere Gewichte wird Franz los: Die Sorgen um die Rente, die Grübelei, ob die Kinder auch den rechten Weg finden werden – er kann ja doch nichts daran ändern. Und Gotthilf versichert ihm: „Gott kümmert sich um alles, was dich betrifft und die Menschen, die dir anvertraut sind. Sprich am besten mit ihm selbst!" Das will Franz auch tun.

Ein schweres Gepäckstück wäre er allerdings liebend gern noch losgeworden: seine Rückenschmerzen. Doch da schüttelt Gotthilf den Kopf: „Das darf ich dir heute noch nicht abnehmen. Gott hat gesagt, der Schmerz bringt dich näher mit ihm zusammen, und in ihm verborgen liegt ein Geschenk, das du unterwegs entdecken wirst." – „Kannst du mir wenigstens verraten, was das ist?" fragt Franz den Engel. „Nein, ich kann dir nur sagen, welche Geschenke Gott bei anderen Leuten mit den Schmerzen zusammenbindet: Die einen werden durch Schmerzen auf Lebenslügen aufmerksam und dadurch auf einer tieferen Ebene geheilt. Andere hatten sich verrannt in ihrem Streben nach Erfolg und lernten durch die Schmerzen, wieder auf das wirklich Wichtige zu achten. Wieder andere wurden so stark in ihrem Vertrauen zu Gott, dass sie viele Leidende trösten können. Die kostbarsten Geschenke Gottes sind in Schmerzen eingewickelt." Franz ist zwar nicht ganz zufrieden, aber er will das Geschenk entdecken, das in *seinen* Schmerzen verborgen sein soll. „Siehst du" sagt Gotthilf, „jetzt hast du dein Vertrauen zu Gott wieder bekommen." – „Stimmt."

Fröhlich nimmt er seinen Rucksack, der nicht einmal mehr halb so schwer ist. Er pfeift vor sich hin und geht seinen Weg weiter. Nicht mehr verzagt, sondern zuversichtlich. Und immer, wenn er Gott anruft, ist Gotthilf zur Stelle.

17

Die Chance

„Gott hat unter uns aufgerichtet das Wort von der Versöhnung."

2. Brief an die Korinther 5,19-21

Es war ein König. Der hatte ein großes, schönes Reich. Alle sollten es gut haben. So wollte er es. Einmal musste er für längere Zeit ins Ausland reisen. Er beauftragte seine Diener, sich um die Menschen, die Felder, das Vieh zu kümmern.

Aber die Diener nahmen das nicht so genau. Sie beuteten die Schätze des Königs aus und machten sich ein schönes Leben. Weil sie die Felder nicht ordentlich bestellten, mussten viele der Ärmeren hungern. Auch die Tiere versorgten sie nicht richtig. Viele wurden krank. Doch die Diener merkten das gar nicht. Sie machten sich keine Gedanken darüber.

Nach einer langen Zeit besuchte der König sein Land, ohne sich zu erkennen zu geben. Er kam als einfach gekleideter Reisender. Als er durch die Städte und Dörfer zog, wurde ihm weh ums Herz: hungernde Kinder, kranke Tiere, bekümmerte Menschen, sterbende Wälder sah er. Ein mächtiger Zorn auf seine Diener ergriff ihn. Doch er blieb inkognito, als er zu ihnen kam. Sie meinten, er sei ein ausländischer Besucher. Er fragte sie, ob das denn alles im Sinne ihres Königs sei, was sie da täten. Sie antworteten, sie hätten getan, was sie konnten. Er solle sich nicht in ihre Angelegenheiten mischen.

Der Fremde sagte, er komme im Auftrag des Königs. Er wolle den Dienern einige Hinweise geben, wie sie das Königreich besser verwalten könnten. Aber davon wollten sie nichts wissen. Sie lachten ihn aus: „Du willst mit unserem König zu tun haben?! Du hast ja nicht einmal studiert! Wir aber kennen die Bücher des Königs genau und wissen, was er an Gesetzen erlassen hat." Schließlich wurden sie zornig auf den Fremden. Sie schlugen ihn und jagten ihn zur Stadt hinaus.

Da kam ihnen ein Gedanke: „Wenn der nun doch irgend etwas mit dem König zu tun hat? Dann erzählt er ihm, wie es ihm ergangen ist! Er darf unser Land nicht lebend verlassen!" Sie verfolgten ihn und schlugen ihn im Wald zusammen. Einer stach ihm noch den Speer in die Brust. „Der ist tot." sagten sie sich und gingen weg.

Doch er war nur schwer verwundet und bewusstlos. Eine alte Frau fand ihn. Sie versorgte und pflegte ihn eine lange Zeit.

Eines Tages ging die Nachricht durchs Land: „Der König kommt und ein großes Heer mit ihm!" Die Diener wurden von lähmendem Entsetzen gepackt. Plötzlich wurde ihnen bewusst, wie schlecht sie den Auftrag ihres Herrn erfüllt hatten. Aber nun war alles zu spät. Schon war der König am Stadttor.

Als sie ihn sahen, erschraken die Diener noch mehr. Der König war sehr blass, er sah krank aus - und hatte eine unheimliche Ähnlichkeit mit jenem Fremden, den sie getötet zu haben glaubten.

Der König befahl, alle seine Diener im Thronsaal zu versammeln. Ganz still war es im Raum, als er sich auf den Thron setzte. Denn inzwischen hatte auch der Letzte erkannt: ‚Jener Fremde, den wir verjagt und zusammen geschlagen haben, ist unser König gewesen. Wir haben ihn schwer verwundet. Jetzt droht uns allen das Todesurteil.'

Der König schaut einen nach dem anderen an. Keiner wagt etwas zu sagen. Die Spannung ist kaum zu ertragen. Dann sagt der König: „Nicht Strafe will ich, aber Wahrheit. Ich verzichte auf Rache, aber von jetzt an muss Recht geschehen. Einen neuen Anfang will ich für alle Geschädigten und für euch, die Schuldigen. Wollt ihr mit mir zusammen den Weg der Versöhnung gehen und dieses Land neu aufbauen?"

Die Diener konnten nicht fassen, was der König sagte. Etliche zweifelten.

Doch der König meinte es ernst: „Es ist unsere einzige Chance. Ich bitte euch: Lasst euch versöhnen."

II. schmerzhaft

Erzählungen zur Leidensgeschichte Jesu

Balsam in giftiger Atmosphäre

Bibeltext: in Anlehnung an Markus 14,3-9

Sara ist Magd im Hause Simons des Aussätzigen. So nennt man ihren Herrn noch immer. Dabei ist er schon lange wieder gesund - wie durch ein Wunder. Heute gibt es viel zu tun. Simon hat zu einem Gastmahl eingeladen. Der Rabbi Jesus wird kommen. Sara freut sich darüber. Die Feste, bei denen dieser Rabbi dabei ist, sind immer besonders fröhlich. Ungezwungen wird gelacht und gescherzt. Es ist, als fiele alles Bedrückende von einem ab. Als blühe um ihn herum alles auf. Selbst den Bediensteten geht die Arbeit leichter von der Hand. In der Küche herrscht nicht die gereizte Atmosphäre wie sonst, wenn so ein großes Mahl stattfindet. Sondern jeder tut, was ihm aufgetragen ist, und geht freundlich mit den anderen um. Sara kann gar nicht ausdrücken, wie wohl ihr das tut. Auch die Blicke der Männer bei Tisch sind anders, wenn der Rabbi dabei ist. Oft spürte sie deren Begierde. Ohne dass sie es sich eingestehen wollte, solche Blicke verletzten sie. Das wurde ihr erst deutlich, als der Rabbi sie ansah. Frei und offen, ohne Begehren, nicht von oben herab, wie Herren die Bediensteten nun einmal anzusehen pflegen, nicht gleichgültig - schließlich werden Sklavinnen kaum jemals wahrgenommen als Menschen. Der Rabbi sah sie an und dankte ihr. Er sah sie an wie jemanden, der ihm wichtig ist. Und sie fühlte sich auf eine bisher ungekannte Weise geschützt. In seiner Nähe geht sie aufrechter, gelöster. Sie kann nicht sagen, wie und weshalb, aber als er sie ansah, wurde etwas in ihr heil.

Auch heute ist das so. Die gleiche ungezwungene Fröhlichkeit. Der Rabbi lacht mit. Trotzdem: Etwas ist anders als sonst. Ein Schatten liegt über der Festfreude. Sara spürt es genau. Irgend etwas bedrückt den Rabbi. Die anderen scheinen davon nichts zu bemerken.

Überraschend kommt eine Frau herein. Sara kennt sie nicht. Die Frau setzt sich über die Etikette hinweg und dringt einfach in die Männerrunde ein. Alle starren sie an. Es ist mucksmäuschenstill im Raum. Sie trägt ein Alabastergefäß mit Salböl bei sich. Das muss unheimlich teuer gewesen sein! Ein Fischer müsste den gesamten Verdienst eines Jahres aufwenden, um solch kostbares Öl zu erwerben. Ohne ein Wort zu sagen, bricht sie den länglichen Hals des Glases auf. Und den ganzen Inhalt des Glases gießt sie auf den Kopf des Rabbi. Wenn man jemanden ehren will, dann salbt man ihn mit wenigen Tropfen solchen Öles. Das ist eine Wohltat. Aber ein ganzes Glas? Das Haus ist bis in den letzten Winkel erfüllt vom Duft des Öles. Der Rabbi lässt es geschehen. Dankbar nickt er der Frau zu. Hat sie etwas von ihm verstanden, wovon Sara nichts weiß?

Die Leute bei Tisch regen sich auf. "Was soll diese Verschwendung! Schließlich gibt es Wichtigeres auf der Welt, als im Luxus zu schwelgen! Wenn sie schon ihre Kostbarkeit opfern will, soll sie das Öl doch verkaufen und der Armenfürsorge spenden! Das wäre doch viel eher im Sinne des Rabbi!" Jesus aber nimmt die Frau in Schutz: "Lasst sie in Frieden! Warum betrübt ihr sie? Sie hat ein gutes Werk an mir getan." Verständnislos schauen die Leute in die Runde, noch immer unwillig. "Rabbi, du legst doch sonst keinen Wert auf Luxus und Reichtum! Du selbst lehrst doch, mit den Armen zu teilen! Hast du nicht neulich erst dem reichen jungen Mann gesagt, er solle alle seine Güter verkaufen und den Armen geben?" Der Rabbi antwortet, und alle sehen, dass er traurig ist: "Arme habt ihr immer bei euch. Jederzeit könnt ihr ihnen Gutes tun. Aber mich habt ihr nicht immer." Was soll das denn? Die Menschen im Raum sind verdattert.

Plötzlich muss Sara an ein Erlebnis denken, das sie neulich auf dem Markt hatte. Zufällig stand sie daneben, als sich zwei der führenden Juden über Jesus unterhielten. Richtig böse hatte es geklungen Die Feindseligkeit erschütterte Sara. Wie kann man einen Menschen, in dessen Nähe einem so wohl wird, derart hassen? Aber sie werden ihm doch nicht wirklich etwas antun? Das kann sie sich nicht vorstellen. Der Rabbi aber scheint Böses zu ahnen. Deswegen also ist er bedrückt.

Jetzt sagt er auch noch: "Diese Frau hat meinen Leib im voraus gesalbt für mein Begräbnis." Rechnet er damit, dass sie ihn umbringen? Auf einmal versteht Sara, weshalb der Rabbi der Frau dankbar ist: Sie hat ein starkes Zeichen gegen die Feindschaft der Führenden gesetzt. Ihre Liebe wollte sie ihm schenken und konnte sie nicht anders zeigen. Gegen allen Hass und das Unverständnis seiner Freunde hat sie den Rabbi geehrt.

Sara staunt: Jesus ist nicht zu stolz zuzugeben, dass ihm das wohl tut. Als habe ihn diese Frau in seiner Trauer getröstet. Als gebe ihm diese ungeheuchelte menschliche Zuwendung Kraft, in solch vergifteter Atmosphäre zu bestehen. Und sie dachte immer, dieser Rabbi sei so stark, dass er auf die Liebe anderer Menschen nicht angewiesen ist! Nein, seine Stärke besteht darin, dass er sich durch eine unbedeutende Frau stärken lässt.

Sara hat Tränen in den Augen, als sie ihm den Weinbecher füllt.

Er sieht sie an. Und sie spürt, dass auch diese Tränen ihn trösten.

Die Magd des Würdenträgers

Bibeltext: in Anlehnung an Markus 14,66-72

Josepha gehört zu den Bediensteten des Hohenpriesters Kaiphas. Sie ist stolz darauf. Schließlich ist der Hohepriester einer der angesehensten Männer der Stadt. Kompromisslos geht er seinen Weg und wacht darüber, dass das Gesetz des HERRN gehalten wird. Alle ehren ihn, und ein wenig von dieser Ehre kommt auch Josepha zugute. Respektvoll behandelt man das Personal des Hohenpriesters in der Stadt. Um religiöse Dinge hat sich Josepha nie gekümmert. Das ist Männersache, und sie ist auch gar nicht religiös veranlagt. Trotzdem, es gibt ihr ein sicheres Gefühl, zum Haushalt eines so hoch geachteten Geistlichen zu gehören.

Heute Nacht ist der Hohe Rat zu einer Sondersitzung zusammengetreten. Josepha hat in Erfahrung bringen können, worum es geht: Dieser neue Prophet aus Nazareth ist gefangen genommen worden. Man hat ja viel von ihm gehört. Er soll Kranke geheilt haben - anderswo. In Jerusalem gab es dergleichen Wunder nicht. Da gab es nur das leidige Theologengezänk. Der ungebildete Wanderprediger meinte alles besser zu wissen als die in den heiligen Schriften Gelehrten. Man munkelte sogar, er hielte sich für den Messias. ‚Dass ich nicht lache!' denkt Josepha. ‚So viel verstehe sogar ich davon. Der Messias wird ein mächtiger Mann sein, ein König aus königlichem Geschlecht - und kein hergelaufener Handwerksbursche aus dem halb heidnischen Galiläa! Es ist schon recht, dass sie ihn endlich mundtot machen.' Josepha kann ganz gut ohne einen solchen Messias auskommen.

Forschen Schrittes geht sie über den Hof. Am Feuer erblickt sie einen, den sie noch nie hier gesehen hat. Aber sie hat ihn schon einmal gesehen. Jetzt fällt es ihr ein. Es war in der Stadt. Er gehörte zu den Männern, die mit diesem Jesus unterwegs waren. Na das ist ja interessant! Was will der denn hier!? Sie wird es herausfinden. Dreist spricht sie ihn an: "He, du warst doch auch einer von denen, die mit Jesus von Nazareth gegangen sind!" Der Fremde zuckt zusammen. Aha, ertappt. Josepha genießt das Gefühl von Überlegenheit. Er stottert unbeholfen: "Was redest du denn da? Ich verstehe gar nicht, was du meinst." ‚Du weißt genau, was ich meine.' denkt Josepha. ‚So ein Feigling! Was hat sich dieser Wanderprediger bloß für Schüler gesucht! So einen hätte der Hohepriester spätestens nach drei Wochen entlassen.' Voller Verachtung geht Josepha ihres Weges. Als sie nach einer knappen Stunde wieder über den Hof kommt, steht der Fremde immer noch da. Dass der sich nicht schämt! Josepha kann es nicht lassen herumzusticheln. "Der da", sagt sie und zeigt mit dem Finger auf ihn, "der war auch mit dem, den sie da drin gerade verhören." - "Ich? Ich kenne den doch gar nicht. Das muss eine Verwechslung sein." versucht er sich herauszureden. Es ist regelrecht peinlich. Die anderen sind mittlerweile auf ihn aufmerksam geworden. "Du redest wie die von Galiläa. So spricht man nicht in der heiligen Stadt. Deine Sprache verrät dich." Lauthals lachen sie. Ein böses Lachen. Er gibt es immer noch nicht zu. Jetzt schwört er sogar! "Ich will verflucht sein, wenn ich diesen Mann jemals gekannt habe! Ich schwöre euch, mit dem habe ich nichts zu tun!" 'Ist dem denn nichts heilig?' wundert sich Josepha. 'Was für ein komischer Prophet, der sich derart unfromme Leute als Begleiter nimmt oder sie auch nur duldet in seiner Gemeinschaft.' Der da drin, den sie gerade verhören, tut Josepha jetzt beinahe leid. Nicht einen einzigen hat er, der zu ihm steht.

Inzwischen ist die Nacht fast vorbei. Der Hahn kräht. Josepha sieht den Fremden zum dritten Mal. Ihm scheint es jetzt richtig schlecht zu gehen. Josepha bringt trotzdem nur Verachtung für ihn auf. Wer so scheinheilig lügt, verdient es nicht anders.

Plötzlich geschieht etwas Seltsames mit ihr: Siedend heiß steigt eine Erinnerung auf: Sie selbst hatte einmal eine allerbeste Freundin. Hanna hieß sie. Was haben sie zusammen gelacht, geweint, sich gestritten und wieder versöhnt! Als Kinder schon spielten sie immer gemeinsam. Doch dann, als sie erwachsen wurden, bekam Josepha die gute Stellung beim Hohenpriester. Und Hanna fand lange Zeit nichts. Ihre Mutter wurde krank. Der Vater war schon lange gestorben. Sie brauchte dringend etwas, um den Lebensunterhalt zu sichern. Und da ließ sie sich von einem römischen Offizier kaufen als Sklavin. Der erlaubte ihr, täglich die Mutter zu besuchen und ihr etwas von den Resten seines Haushalts zu bringen. Sklavin bei einem Heiden! Von da an kannte Josepha ihre Freundin nicht mehr. Wenn sie sie auf dem Markt sah, wandte sie sich demonstrativ ab. Anfangs versuchte Hanna, sie zu begrüßen, ein wenig mit ihr zu reden. Überdeutlich sieht sie Hannas Gesicht wieder vor sich: Wie sie erst ungläubig, dann entsetzt und schließlich schmerzverzerrt hinter ihr herstarrt. Hanna konnte es nicht fassen, dass ihre allerbeste Freundin sie plötzlich behandelt, als wäre sie gestorben. Als wäre sie kein Mensch mehr.

Josepha hatte gemeint, es würde ihrem Ansehen als Magd des Hohenpriesters schaden, wenn sie zu erkennen gäbe, dass sie mit der Sklavin eines Heiden verkehrt.

Wie Josepha diesen Fremden, der so verzweifelt weint, aus tiefstem Herzensgrund verachtet, so verachtet sie jetzt sich selbst. Ein eigenartiger Wunsch befällt sie: Am liebsten ginge sie zu dem da drin, der verhört wurde und mit dem die Soldaten mittlerweile ein böses Spiel treiben. Am liebsten ginge sie zu ihm hin und würde ihm das alles, das mit Hanna, erzählen. Sie würde ihn fragen: "Sag, wenn du einen solchen Schwächling wie den da draußen in deiner Nähe geduldet hast, würdest du auch mich dulden?" Nichts wünscht sie sehnlicher, als dass der sagte: „Komm her. Alles wird gut.“

Das ist natürlich Schwachsinn.

Oder? Irgend etwas oder irgend jemand sagt ihr, dass das kein Schwachsinn ist. Vielleicht redet ihr Schutzengel so zu ihr. Wie auch immer, gleich heute wird sie versuchen, mit Hanna in Kontakt zu kommen.

Und wenn sie deswegen ihre Stellung verliert? Das ist ihr auf einmal egal.

Ob Hanna mit ihr sprechen wird? Ob Hanna ihr jemals verzeihen wird?

Das Wort des Engels

Bibeltext: in Anlehnung an Lukas 1,30-33; 23,27.49

Maria versteht die Welt nicht mehr und Gott noch viel weniger. Völlig aufgelöst ist Johannes in der Nacht zu ihr gekommen. Sie hätten Jesus gefangen genommen. Und vorhin hatte ihr jemand die Nachricht überbracht, er sei Pontius Pilatus überstellt worden und der solle ihn zum Tode verurteilen. Zum Tod am Kreuz!

Maria ist wie gelähmt. Das kann doch nicht wahr sein! Wie betäubt macht sie sich auf den Weg. Sie weiß nicht, ob sie das aushält, ihn so leiden zu sehen.

Aber im Haus sitzen und nichts tun, das kann sie erst recht nicht. Er ist doch ihr Sohn! Sie muss doch zu Ihm! Ihr geliebter Sohn.

Maria stöhnt auf. Von Anfang an brachte er Schmerz in ihr Leben. Joseph, ihr Verlobter, war aufs tiefste getroffen, als er von ihrer Schwangerschaft erfuhr. Wie hätte er ihr auch die Geschichte mit dem Engel glauben sollen! Und sie - sie fühlte sich zu Unrecht verstoßen. Sie wusste nicht, was ihr größeren Kummer bereitete: Die böse Unterstellung ihres Geliebten, ihre Angst, verstoßen und geächtet zu werden, oder mit ansehen zu müssen, wie der Gram Josephs Herz versteinerte. Damals sah sie keinen Ausweg mehr. "Fürchte dich nicht, Maria!" hatte der Engel gesagt. "Du hast Gnade bei Gott gefunden." Wie sollte sie das zusammenbringen mit ihrem ausweglosen Kummer? Gnade und Schmerz - das passt doch nicht zueinander! Oder doch? Sie liebte dieses Kind der Schmerzen. Inniger als ihre anderen Kinder, die sie auf weniger dramatische Weise empfing. Wie ein Wunder war dann die Versöhnung mit Joseph. Eines Morgens kam er zu ihr: "Verzeih." bat er leise. "Auch bei mir war ein Engel." Zärtlich umarmte er sie, und sie barg sich in seinen starken Armen.

Wäre er doch auch jetzt hier, denkt Maria, während sie weiterhastet. Aber Joseph ist schon seit einigen Jahren tot. Sie hatte gehofft, Jesus als der Älteste würde die Werkstatt seines Vaters weiterführen. Aber vor drei Jahren etwa war er zu Johannes dem Täufer an den Jordan gegangen, und seitdem kam er kaum noch heim. Die Werkstatt hatte er einem seiner Brüder anvertraut. Alle möglichen Leute kamen zu ihm. Er heilte sie, er erzählte ihnen von Gottes Liebe, er segnete ihre Kinder ... Es schmerzte Maria, dass andere ihm plötzlich näher sein durften als sie, die Mutter. Gewiss, sie hatte keine Not zu leiden. Die Brüder waren ja da. Aber ihr Ältester, um den sie so viel Angst ausgestanden hatte, als er noch ein Kind war, war ihr fremd geworden. Wildfremden Menschen schenkte er seine Aufmerksamkeit - so intensiv, dass sie regelrecht aufblühten in seiner Gegenwart. Und sie, die Mutter, stand daneben. Nun ja, sie wusste, es war Eifersucht, was sie empfand. Sie konnte ihn nicht an sich binden, und das war bitter. Als sie sich damit abgefunden hatte, dass er seinen eigenen Weg gehen musste, kam sie ihm wieder näher. Eigenartig: Er wurde ihr neu geschenkt, nachdem sie ihn freigegeben hatte.

Und heute soll er ihr aufs Neue entrissen werden? Geahnt hat sie es schon lange. In Jerusalem ist die Feindschaft gegen ihn mit Händen zu greifen. Aber das kann Gott doch nicht zulassen! Oder stimmt es nicht, was der Engel gesagt hat: "Der wird groß sein und Sohn des Höchsten genannt werden, und Gott der Herr wird ihm den Thron seines Vaters David geben. Und er wird König sein über das Haus Jakob in Ewigkeit." Gelten die Verheißungen nicht mehr? Verstehen konnte sie das nie, was der Engel gesagt hatte. Aber sie weiß: Wie kein anderer ist Jesus mit Gott verbunden. "Abba, Vater!" nennt er ihn. Da muss Gott ihn doch schützen vor den Menschen, die ihm Böses wollen! Vielleicht geschieht im letzten Moment noch ein Wunder.

Jetzt kommt sie in die Nähe des Richthauses. Schon von weitem hört sie die Menge schreien. Voller Hass. Es ist, als stoße ihr jemand ein Messer ins Herz. "Und auch durch deine Seele wird ein Schwert dringen." erinnert sie sich mit einem Mal. Der alte Simeon hatte das gesagt, als er ihren Sohn voller Freude in seinen Armen hielt. "Herr, nun lässt du deinen Diener in Frieden fahren, denn meine Augen haben dein Heil gesehen - ein Licht, zu erleuchten die Heiden." Mein Gott, dein Licht droht ausgelöscht zu werden! Weißt du eigentlich, wie finster es dann bei uns ist?

Sie drängt sich durch die Menge. Und da sieht sie ihn, ihren Sohn, das Kind der Schmerzen. Blutig haben sie ihn geschlagen. Er kann sich kaum noch auf den Beinen halten. Er erblickt sie und versucht, ihr zuzulächeln. Maria möchte aufschreien, aber die Kehle ist ihr wie zugeschnürt.

Mein Gott, das kannst du doch nicht wollen! Warum tust du nichts?! Was ist mit deinen Zusagen?

"Fürchte dich nicht, Maria. Du hast Gnade bei Gott gefunden." Das Wort des Engels wird mächtig in ihr. Es kämpft gegen die Verzweiflung. Es trägt den Schmerz. Sinkend findet sie Halt. Gnade und Schmerz - wie passt das zusammen? Bei diesem Kind gehörte es von Anfang an zusammen.

"Fürchte dich nicht, Maria. Du hast Gnade bei Gott gefunden." Sie versteht die Welt nicht mehr, sie versteht Gott nicht mehr. Sie fühlt nur den Schmerz - und das Wort des Engels trägt sie: "Fürchte dich nicht, Maria. Du hast Gnade bei Gott gefunden."

Überall Blut

Bibeltext: in Anlehnung an Matthäus 27,15-26

Seit mehr als zwanzig Jahren ist Claudia die Gattin des Pilatus. An seiner Seite führt sie ein luxuriöses Leben, obwohl Jerusalem nicht gerade der Ort ihrer Träume ist. Im Moment genießt sie das Bad, das die Sklavin ihr mit wohlriechenden Ölen bereitet hat. Das tut gut nach der Nacht voll böser Träume. Sie versucht, die Träume der Nacht zu verscheuchen, indem sie ihren Tag und ihr Leben bedenkt. Lieber wäre sie in Rom geblieben, in der Weltstadt, in der sie sich heimisch fühlt. Hier unter dem Volk der Juden ist sie die verhasste Fremde. Sie versteht dieses eigenartige Volk nicht. Die Leute hier sind unwahrscheinlich empfindlich, wenn es um ihre Gesetze und um ihre Religion geht. Ihrem Gatten als dem Vertreter der Besatzungsmacht begegnet man ohnehin mit Ablehnung. Aber er hat sich noch zusätzlich Feinde gemacht: Mit Absicht verletzte er die religiösen Gefühle der Juden. Er ließ Soldaten mit dem Bild des Kaisers von Rom in ihrer heiligen Stadt einmarschieren und stellte Schilder zur Verehrung des Kaisers im ehemaligen Palast des Herodes zur Schau. Das hätte nicht sein müssen. Aber so ist ihr werter Gatte: Immer muss er zeigen, dass er das Sagen hat, und er genießt seine Machtposition. Unklug war es auch, die Kosten für die Wasserleitung aus dem Tempelschatz zu bestreiten. Die Juden leisteten Widerstand, doch Pilatus ging mit Gewalt gegen sie vor. Die Verbitterung gegen ihn wuchs. Nur der militärische Druck hält den Protest unter der Decke. Mit Mühe. Claudia spürt es. Die Stimmung in der Stadt ist überaus gereizt. Ein Funke nur könnte das Pulverfass zur Explosion bringen. Das würde Pilatus zumindest um sein Amt bringen, vielleicht sogar Schlimmeres.

Claudia versucht, sich in ihrer Lebenslust nicht beeinträchtigen zu lassen durch die feindliche Atmosphäre. Es gelingt ihr ganz gut, sie hat ja nicht direkt mit den Juden zu tun. Trotzdem, wenn sie ehrlich ist: Das Luxusleben ist öde. Der Mensch braucht Liebe, um zu leben. Sie sehnt sich danach - mehr, als sie es sich eingestehen will. Zwischen ihr und Pilatus ist das Feuer, wenn es je geflackert hat, längst erloschen. Ob es überhaupt einen Menschen gibt, der durch seinen Panzer hindurch dringt und ihn erreicht? Sie jedenfalls hat es aufgegeben. Hat sich abgefunden mit seiner Kälte. Hat sich zufrieden gegeben mit den Annehmlichkeiten und Vergnügungen, die seine Stellung ihr ermöglicht.

Erst in letzter Zeit wurden andere Regungen in ihr wach. Sie begann zu ahnen, dass Leben mehr ist als Wohlstand und Komfort. Und dass sie das Entscheidende bisher nicht gefunden hat. Sie spürt die Leere und begann, darunter zu leiden.

Es fing damit an, dass eine ihrer Sklavinnen ihr von einer Predigt des galiläischen Wanderpredigers Jesus berichtete, der sie von ferne gelauscht hatte. Nichts Besonderes sei er - rein äußerlich betrachtet. Und doch: Er sei anders als alle Juden, die sie bisher erlebt hatte. Eine Geschichte habe er erzählt er. Von zwei Söhnen und ihrem Vater. Der jüngere Sohn war aus dem Elternhaus ausgebrochen und hatte das gesamte Erbe verschleudert. Seltsamerweise verstieß ihn der Vater nicht, als er völlig heruntergekommen wieder bei ihm anklopfte, sondern der Vater hatte lange auf ihn gewartet, ging ihm entgegen und schloss ihn in die Arme. Die Sklavin konnte nur den Kopf schütteln über diese Geschichte. Doch Claudia war auf eigenartige Weise berührt: ‚Wie lange ist es her, dass ich von jemandem umarmt wurde?' fragte sie sich. ‚So umarmt wurde?' Claudia konnte sich nicht erinnern. Eine unbändige Sehnsucht ergriff sie, so gehalten und geliebt zu werden. Aber das ist illusorisch. So geht es nicht zu im Hause eines Pilatus. Sie hatte wohl verstanden, dass Jesus von seinem Gott sprach, als er diesen Vater beschrieb. Solch einen Gott kennen die Römer nicht. Die Juden übrigens auch nicht. Deren Gott scheint kleinlich und eifersüchtig zu sein, engstirnig und hart. Jesu Gott ist anders. Claudia hat es genau gemerkt. So einen Gott braucht die Welt. Dann ginge es menschlicher zu in ihr. Wenn es ihn nicht gäbe, müsste man ihn erfinden. Selbst wenn Jesus ein Spinner wäre und seine Lehre eine Utopie, er bringt den Menschen, was sie brauchen.

Plötzlich tauchen die Bilder der Nacht wieder auf: Sie träumte, dass Jesus auf sie zukommt und sie in die Arme schließt. Wie ein Freund. Ihr wurde leicht wie noch nie. Alle Kälte, alle Härte fiel von ihr ab. Sie wurde fast ohnmächtig vor Glück. Doch da stand plötzlich ihr Gatte mit seinen Soldaten vor ihr. Sie erschlugen Jesus mit dem Schwert. Sein Blut hörte nicht auf zu fließen. Es wurde immer mehr, bis das ganze Haus voller Blut war. Pilatus begann zu toben und befahl ihr, das Haus zu reinigen. Aber das ging nicht. Wie sollte sie das jemals schaffen? Überall Blut. Schweißgebadet wachte sie auf. Den Göttern sei Dank, es war nur ein Traum!

Draußen hört sie das Geschrei der Volksmenge. Wer mag heute wieder verurteilt werden? Sie schaut aus dem Fenster und traut ihren Augen nicht: Da steht Jesus - gefesselt. Was wird ihr liebenswerter Gatte ihm antun? Und die Menge brüllt: "Kreuzige ihn!" Claudia bekommt Angst. Nicht um sich selbst. Angst um die Menschen dort draußen. Angst um Pilatus. Wenn er zulässt, dass Jesus dem Hass der Menge zum Opfer fällt, wenn er das geforderte Todesurteil über ihn verhängt - wie soll diese Schuld jemals von ihnen genommen werden? Blut - überall Blut. Die Bilder der Nacht. Sie sind mehr als ein Traum. Es ist wahr, das ganze Haus des Pilatus ist voll vom Blut unschuldig getöteter Menschen. Und sie selbst, Claudia, ist auch nicht rein davon. Hat sie doch die Vorteile genossen! Wie sollen sie weiterleben, wenn jetzt auch noch das Blut dieses Gerechten über ihr Haus kommt?

Sie hat so etwas noch nie getan. Aber heute schickt sie eine ihrer Sklavinnen zu Pilatus auf den Richtplatz: "Habe du nichts zu schaffen mit diesem Gerechten. Denn ich habe heute viel erlitten im Traum um seinetwillen." Verwundert schaut Pilatus zu ihr hoch und zuckt mit den Achseln. Er kann die Menge nicht anders beruhigen. Die Situation ist zu heiß. Er muss Jesus opfern. Muss er wirklich?

Claudia fühlt sich elend. Sie legt sich auf ihr Lager. Wie sollen sie weiterleben mit dieser Schuld? Blutschuld - wohin sie auch blickt. Aber das Blut dieses einen wiegt schwerer als alles andere. Seine Geschichte, die sie von der Sklavin gehört hatte, kommt ihr wieder in den Sinn. Was hatte der Vater gesagt? "Dieser mein Sohn war tot und ist wieder lebendig geworden. Er war verloren und ist wieder gefunden worden." Jetzt ist Jesus selbst verloren. Verloren wie kein anderer. Aber ohne eigene Schuld! Claudia sieht im Geist, wie der Vater seinen geschlagenen Sohn in die Arme nimmt. Aber wenn er gekreuzigt wird, ist auch dieses Bild der Hoffnung zerstört.

Wie lange mag sie so gelegen haben? Sie merkt nicht, wie Pilatus leise ihr Schlafgemach betritt. Er kniet neben ihr nieder und ergreift ihre Hand. Sie schlägt die Augen auf. Er sieht blass aus und abgespannt. "Claudia, ich musste es tun. Ich hatte keine Wahl." Sie richtet sich auf: "Sein Gott hätte uns retten können. Und nun ist es zu spät. Wie sollen wir weiterleben?"

Pilatus zuckt die Achseln und geht hinaus.

Es ist zu spät.

"Dieser mein Sohn war tot und ist wieder lebendig geworden?"

Der Gott Jesu, gibt es ihn wirklich? Claudia wird ihn suchen. Sie wird es herausfinden. "Ich will mich aufmachen und zu meinem Vater gehen."

Für alle, die verbitterten Herzens sind

Bibeltext: in Anlehnung an Markus 15,6-15

Barabbas ist ein harter Mann. Das Leben hat ihn hart gemacht. Seine Mutter starb, als er noch ein kleiner Junge war. Den Vater zwangen sie, für Rom in den Krieg zu ziehen. Barabbas sieht sie noch vor sich, die Legionäre. Der Vater weigert sich, mit ihnen zu gehen. Brutal schlagen sie auf ihn ein. Sie fesseln ihn und führen ihn ab. Der Junge bleibt allein zurück. Niemand achtet auf ihn. Niemand tröstet ihn. Verlassen von Gott und der Welt.

Er muss sich durchschlagen. Mit Betteln versucht er es. Gelegentlich findet er jemanden, der ihn als Tagelöhner einstellt. Wenn der Hunger zu groß wird, stiehlt er sich von irgendwoher etwas zu essen. Bald ist er berüchtigt in der Stadt. Von allen schlägt ihm Verachtung entgegen. Aber daran gewöhnt er sich. Er verachtet sie ja auch, diese satten Spießer in ihren festen Häusern. Mit den braven Jungs, die regelmäßig in die Synagoge gehen und sich abends an den gedeckten Tisch setzen, will er nichts zu tun haben. Und auf die Römer hat er einen richtigen Hass. Irgendwann wird er sich an ihnen rächen. Wieso dürfen diese Heiden ihm den Vater wegnehmen? Warum tut Gott der HERR nichts dagegen? Als Kind hat er gebetet. Als die Mutter so schwach wurde, betete er, der HERR möge sie gesund machen. Gott hat nicht auf ihn gehört. Als sie den Vater mitgenommen hatten, betete er, der Vater möge bald zurück kommen. Er brauchte ihn doch! Er brauchte doch wenigstens einen Menschen, der für ihn da war. Der Vater ist nie zurück gekommen. Seitdem betet Barabbas nicht mehr. Ja, er glaubt an den HERRN. Aber entweder ist der HERR an so kleinen Leuten wie Barabbas nicht interessiert, oder er wartet einfach darauf, dass sie sich selbst helfen. Jedenfalls belästigt Barabbas diesen großen, fernen Gott nicht mehr mit seinen Gebeten. Barabbas versteht ihn sowieso nicht. Und der HERR versteht nicht, wie es ihm geht. Wie sollte er auch – er in seiner himmlischen Herrlichkeit?!

Eines aber macht Barabbas bitter gegen den HERRN: Wenn er sich schon nicht um ihn kümmert, sein erwähltes Volk sollte er nicht so im Stich lassen. Gedemütigt wird es auf Schritt und Tritt von den römischen Besatzern. Das kann der HERR doch nicht dulden! Oder wartet er, dass Sein Volk selbst zu den Waffen greift?

Barabbas ist bereit zu kämpfen. Er trifft andere, deren Hass auf die Römer ebenso groß ist. Gemeinsam planen sie gezielte Angriffe auf römische Beamte. Sie gehen klug vor. So leicht lassen sie sich nicht erwischen. Aber vorige Woche ging es schief. Barabbas ist beobachtet worden. Der Mann hat gedroht, ihn und seine Mitstreiter zu verraten. Er musste ihn umbringen. Doch die Zeit reichte nicht, um sich rechtzeitig in Sicherheit zu bringen. So sitzt er also in Haft und hat plötzlich Zeit zum Nachdenken. Nicht mehr viel, das weiß er. Sie werden ihn sicher kreuzigen. Ob er Angst hat? Er weiß nicht recht. Ihm wird etwas übel, wenn er sich die Quälerei am Kreuz vorstellt. Hoffentlich ist es schnell vorbei! Was hat er schon zu verlieren!

Heute haben sie wieder einen verhaftet. Diesen Wanderprediger Jesus. Barabbas hat viel von ihm gehört. Er predigt überall vom Reich Gottes und nennt Gott seinen Vater. Die ganze Welt scheint er zu lieben, sogar die Huren und diese fiesen Zöllner, die sich bei den Römern lieb Kind machen. Für ihn, Barabbas, ist das nichts. Warum sie dem den Prozess machen, kann Barabbas nicht begreifen. Dieser sanfte Mensch tut doch keiner Fliege etwas zu Leide! Und die Römer vertreibt *der* auch nicht!

Plötzlich, die Tür des Kerkers wird geöffnet. „He du, du sollst zu Pilatus kommen!" – ‚Jetzt geht's los!' denkt Barabbas. Aber es geht nicht sofort zum Galgenplatz. Er wird Pilatus vorgeführt, und der stellt ihn neben Jesus. Barabbas glaubt seinen Ohren nicht zu trauen: „Welchen wollt ihr, dass ich euch losgebe?" – ‚Blöde Frage, Jesus natürlich!' denkt Barabbas. ‚Dem haben sie doch alle zugejubelt. Und ich bin bei ihnen berüchtigt. Vor mir haben sie Angst.' Doch das Volk brüllt: „Barabbas! Gib uns Barabbas frei!" – ‚Sind die denn irre? Sonst hat doch kein Hahn nach mir gekräht? Wieso wollen die, dass ich frei komme?'

Pilatus fragt weiter: „Was soll ich denn machen mit Jesus, von dem gesagt wird, er sei der Messias?" – „Kreuzige ihn! Kreuzige ihn!" schreien sie wie wahnsinnig. Barabbas ist einiges gewöhnt. Doch diese Wucht von Hass erschüttert ihn. Nicht einmal er, der Mörder und Räuber, ist jemals so gehasst worden. So viel Ablehnung hat er ihn seinem ganzen Leben nicht erfahren. Zum ersten Mal seit dem Weggang seines Vaters empfindet Barabbas so etwas wie Mitleid. Mitleid mit diesem wehrlosen Menschen. Einen Moment lang schauen sich beide an. Was ist das? Er, Barabbas, hat gegen die aufsteigenden Tränen zu kämpfen. Er, der nie geweint hat. Gehasst hat er statt zu weinen. Und jetzt, wo der Hass einen anderen trifft als ihn, wird er weich. Schnell wendet er sich ab.

Doch er kann den Eindruck nicht auslöschen. Die sanften, traurigen Augen des Galiläers haben sich ihm eingeprägt. ,Dieser Mensch blickt bis auf den Grund meinen Herzens. Und er liebt mich trotzdem!'

Barabbas versteht sich selbst und die Welt nicht mehr. Pilatus lässt ihn frei. Jesus dagegen lässt er auspeitschen. Und dann führt er ihn wieder vor: zerschunden, richtig fertig gemacht. ,Mein Gott, wie kannst du so etwas zulassen?' denkt Barabbas. ,Wie kannst du zulassen, dass er an meiner Statt leiden muss?' Die alte Bitterkeit gegen Gott kommt wieder hoch in ihm und mit ihr der Hass. Der Hass auf diese Soldaten und überhaupt auf alle, die diesen unschuldigen Menschen quälen.

Barabbas folgt dem Zug zur Hinrichtungsstätte. Wie betäubt ist er. Immer hämmert es in seinem Kopf: Eigentlich müsste ich jetzt das Kreuz schleppen. Eigentlich müssten sie mich jetzt da festnageln. Warum, warum nur lässt Gott das zu? Durch Mark und Bein dringt ihm der Schrei des Gekreuzigten: Mein Gott, mein Gott, warum hast du mich verlassen?

Dieser fromme Mensch – von Gott verlassen? Barabbas denkt an die Zeit, als er fast kaputt gegangen wäre vor Kummer, weil er von der Mutter und vom Vater und von Gott verlassen war. Und wieder ist es ihm, als müsste er weinen – weinen über sein eigenes trostloses Leben, weinen über die Ungerechtigkeit, dass dieser gütige Mensch so gehasst und so gequält wird, weinen, weil das alles einfach schrecklich ist. Einer, der Gott seinen Vater nannte, ist plötzlich von Gott verlassen. Und er, Barabbas, fühlt sich ihm so nahe.

Nie wird er vergessen, wie Jesus ihn anschaute. In diesem Blick lag so viel Schmerz - um ihn, Barabbas. Und in dem Schmerz fand Barabbas Liebe - die Liebe des Vaters, die Liebe der Mutter, die Liebe Gottes.

Später erst, viel später begreift Barabbas, was an diesem Tag geschehen ist – für ihn, für alle, die sich von Gott verlassen fühlen, für alle, die schuldig sind auf dieser Erde, für alle, die verbitterten Herzens sind.

Der Schrei der Verlorenen

Bibeltext: in Anlehnung an Matthäus 27,1-54

‚Wie lange noch?' Wortlos stöhnt der Gekreuzigte. Er ist am Ende. Das Ende aber scheint ihm endlos. Nie endende Qual. Seine Brust ringt nach Atem – erstickend fast, aber eben nur fast. Noch immer pumpt sein Herz Blut in einen Leib, der sich anfühlt wie eine einzige offene Wunde – verblutend fast, aber eben nur fast. Seine Sinne sind wach genug, ihn von Kopf bis Fuß unerträgliche Schmerzen spüren zu lassen. Könnte er doch endlich aufhören zu atmen, aufhören zu fühlen! Warum steht sein Herz nicht einfach still? Wenn er wenigstens in eine gnädige Ohnmacht fiele! Aber seine Glieder gehorchen ihm nicht. Sie wehren sich gegen den zugefügten Tod und sind ihm doch wehrlos ausgeliefert. Kaum nimmt er wahr, dass es stockdunkel geworden ist mitten am Tag. Denn längst hat sich die Finsternis seiner bemächtigt. Für ihn ist dieser Tag zur Nacht geworden. Kein Lichtstrahl, keine Hilfe, kein Trost, nur undurchdringliches Dunkel.

Ein Muskel krampft. Daraufhin tost der Schmerz mit neuer Wucht wie tausend feurige Schwerter durch seinen Leib. Er schreit auf. „Eli….!" Einige von denen, die der Hinrichtung beiwohnen, meinen, er rufe den Elia. Die ihn lieben aber, die wenigen, die am Kreuz bei ihm aushalten, hören: ‚Eli, eli, lama asaphthani – Mein Gott, mein Gott, warum hast du mich verlassen?' Und das trifft den Kern.

Gott, den er zärtlich „Abba"[3] nannte – jetzt ist er ihm unerreichbar fern.

Beim nächsten Versuch zu atmen schwinden ihm die Sinne.

In einem eigenartigen Zustand findet er sich wieder. Er spürt keinen Schmerz mehr, fühlt sich leicht und frei. Erstaunlich klar nimmt er seine Umgebung wahr: Trotz der gespenstischen Finsternis sieht er die Menschen an der Hinrichtungsstätte. Wie von oben herab schaut er auf die Kreuze, erblickt seine beiden Leidensgenossen und einen dritten in der Mitte. Überrascht stellt er fest, dass er seinen eigenen Körper von außen sieht. ‚Nun gehöre ich also endgültig nicht mehr dazu.' denkt er. ‚Vater, in deine Hände befehle ich meinen Geist. - Warum bin ich eigentlich noch hier an diesem schrecklichen Ort? Wer oder was hält mich?' Er schaut sich um.

Und plötzlich sieht er ihn, versteckt hinter einem Strauch: seinen Freund Judas. Auch er gehört endgültig nicht mehr dazu. Jesus begreift. Judas hat seinem Leben selbst ein Ende gesetzt in der Hoffnung, Frieden zu finden. Abgrundtiefe Verzweiflung hält den Freund umklammert. Verlorener als er kann keiner sein.

Indem Jesus ihn sieht, ergreift ihn ein heftiger, nur allzu vertrauter Schmerz. Die Qualen des Leibes haben diesen Schmerz in den Hintergrund treten lassen. Jetzt ist er wieder da, stärker als je zuvor: der Schmerz um den verlorenen Freund. ‚Ach Judas!' seufzt Jesus. ‚Wie konntest du hoffen, deinem Gewissen durch Selbstmord zu entkommen?! Jetzt irrst du hier herum, als habe selbst der Tod dir den Zutritt zu seinem Reich verweigert.' Der verräterische Kuss am Ende war ja nur die Spitze des Eisbergs! Lange

---

[3] „Abba" – hebräisch/aramäisch für „Papa"

zuvor hatte Jesus bemerkt, wie Judas sich mehr und mehr verschloss. Die Kasse verwaltete er treu wie immer. Auf ihn war Verlass. Jesus liebte ihn. Er wusste, welch leidenschaftliche Sehnsucht sich hinter seiner rauen Schale verbarg. Die Sehnsucht nach Recht, nach Freiheit, nach dem Reich Gottes. So stark und so bitter wie die Sehnsucht eines verlassenen Kindes nach dem Zuhause. Dafür war Judas bereit, alles zu opfern, koste es, was es wolle. In ihm, Jesus, sah er den lang erwarteten Heilsbringer. Aber er hatte seine eigenen Vorstellungen, wie der Messias sein müsse, was er zu tun und zu lassen habe. Vor allem müsse er die Römer aus dem Land vertreiben und die politische Freiheit des Gottesvolkes erkämpfen. Diese Hoffnung hatte ihn bewogen, sich Jesus und dem Kreis seiner Freunde anzuschließen. Nach und nach aber merkte er, dass mit diesem Kreis kein politischer Kampf zu gewinnen sei. Zu unterschiedlich waren ihre Interessen. Den meisten genügte es, dass sie sich in der Gemeinschaft mit Jesus wohl fühlten. Ihm überließen sie die Zukunft. Nicht so Judas. Er wollte die Welt verändern. Und weil er keine Mitstreiter fand, zog er sich in sich selbst zurück und schmiedete Pläne im Verborgenen. Einsam wurde er inmitten der Freunde. Jesus sah es mit Sorge. Oft stritten sie miteinander. Wenn Jesus von der Liebe sprach, die auch den Feinden gilt, schüttelte Judas ärgerlich den Kopf. Wenn Jesus sich mit Beamten des römischen Staates abgab, etwa mit Zöllnern oder mit Angehörigen der Streitkräfte, dann schämte Judas sich seines Meisters. Und wenn Jesus ankündigte, dass er leiden und sterben müsse, um die Macht des Bösen zu überwinden, dann verhärtete er sich total. Die anderen übrigens auch. Es kostete Jesus viel Kraft, dem Bild zu widerstehen, das seine Freunde sich von ihm als Hoffnungsträger gemacht hatten. Jesus war anders, als sie ihn haben wollten. Keiner sah das so klar wie Judas. Und je klarer ihm das wurde, desto tiefer fraß sich die alte Wut in ihm fest. Bald konnte Jesus mit ihm nur noch über Alltägliches sprechen, nicht mehr über die Hoffnung, nicht über den Hass und auch nicht über den Sinn. Judas war bitter enttäuscht von ihm. Doch noch immer sah er in ihm den ersehnten

Retter.

So kam er auf die Idee, Jesus zu einem Bündnis mit den jüdischen Oberen zu nötigen, und entschloss sich, ihn an sie zu verraten. Dann müsse Jesus sich ihnen als Messias zu erkennen geben, meinte er. Dann würden, ja dann müssten sie mit ihm den Aufstand gegen Rom wagen. Und das Volk würde ihnen folgen. ‚Ach Judas, welch irrige Hoffnung! Du wolltest das Heil herbeizwingen und bist dabei zum Handlanger der Mörder geworden. Du meintest, das Leiden unseres Volkes unter der römischen Besatzungsmacht sei das Hauptproblem, und konntest dir nicht vorstellen, dass die Feindseligkeit der führenden Juden gegen mich mächtiger ist als die zwischen Juden und Römern.' Dass es einer tieferen Erlösung bedarf als der Befreiung von äußerer Bedrückung, konnte und wollte Judas nicht begreifen.

Noch zweimal hatte Jesus versucht, Judas eine Brücke zu bauen. Beim letzten gemeinsamen Mahl sprach er den Konflikt offen aus: „Einer unter euch wird mich verraten." Damit versetzte er alle in Schrecken; das nahm er in Kauf. Judas sollte wissen, dass er sein Spiel durchschaute. Und Jesus reichte ihm wie den anderen das Brot und den Weinbecher mit den Worten: „Mein Leib - für euch gebrochen. Mein Blut - für euch vergossen. Zum Leben, zur Vergebung der Sünden. Euch zugute." Im Stillen hoffte er, Judas würde sich daran festhalten können, wenn das böse Erwachen käme. Vergebens.

Ein zweites Mal sprach er ihn an, als der Verräter im Garten auf ihn zukam und ihn küsste: „Mein Freund, warum bist du gekommen?" Jesus hoffte, Judas würde die Frage zulassen und sich selbst ein wenig besser verstehen. Dann würde er vielleicht einen Funken Lebensmut behalten. Vergebens.

Das alles ist Jesus in dem Augenblick, da er Judas sieht, gegenwärtig. In jenem eigenartigen Zustand zwischen Leben und Tod spürt Jesus den Kummer um den Freund nur umso intensiver. Der aber nimmt ihn nicht wahr. Er hockt in seinem Versteck, gefangen im Würgegriff abgrundtiefer Verzweiflung, und starrt wie gebannt auf seinen gekreuzigten Messias. Ob Jesus ihn jetzt erreicht? Jetzt, wo sie beide Ausgestoßene sind? Ob er durch die Todesfinsternis, die den Freund umgibt, zu ihm vorzudringen vermag?

Mit unwiderstehlicher Macht zieht es ihn zu Judas. Schon ist er ihm ein Stück näher gekommen. Doch der Widerstand ist stark. Die ganze Energie seiner Liebe setzt Jesus ein. Und kommt dennoch kaum voran. Er kämpft, er gibt nicht auf. Immer dunkler wird es um ihn, immer kälter. Mit aller Kraft stemmt er sich gegen den finsteren Widerstand. Käme ihm doch Judas ein klein wenig entgegen! Aber der sieht nicht, wie sehr sich Jesus um ihn müht. Nur noch ein kleines Stück! Gleich ist er bei ihm...

Da wird er mit einem Ruck zurückgeworfen. Zurück ans Kreuz, zurück in seinen Leib.

Einer der Knechte hält dem Sterbenden einen Schwamm mit Essig an den Mund. Jesus kommt zu sich im Bewusstsein des Schmerzes, den Freund wieder nicht erreicht zu haben, und spürt zugleich aufs Neue alle Schmerzen seines Leibes.

Das ist zuviel.

Ein furchtbarer Schrei lässt Erde und Himmel erzittern.

Dann ist es vollbracht.

Der Schrei aber durchdringt das Universum. Er zerreißt die finstersten Orte und dringt durch bis in die fernsten Räume des Himmels. Vor dort her bricht das Licht auf und bricht sich Bahn bis in die letzten Räume des Todes.

Der Schrei erreicht selbst Judas in seiner Verdammnis. Von ihm lässt Judas sich ergreifen. Er, der Verlorene, findet sich darin wieder. In diesem Schrei birgt er sich wie in einem vertrauten Versteck. Von ihm lässt er sich tragen.

Und er wird getragen bis zu dem Ort, da Gott der Vater sehnsüchtig wartet auf seinen Sohn.

III. ernsthaft

In den Herausforderungen des Lebens

Elfchen[4]

Dezember-Tief

Grau

die Erschöpfung

wundgezaust mein Inneres.

Ich brauche dich, Jeschuah.[5]

Advent.

Sommer

Trüb

der Sonnentag.

Kummer lastet schwer.

Ich jage trotzdem weiter.

Dienstverpflichtung.

Sanft.

Gottes Geist

weht über Verletztes.

Ich weine, schaue auf.

Tränenklar.

---

[4] Ein Elfchen ist ein Gedicht mit elf Worten: Erste Zeile – ein Wort (ein Eigenschaftswort, z.B. eine Farbe), zweite Zeile – zwei Worte, dritte Zeile – drei Worte, vierte Zeile - vier Worte (mit „Ich" beginnend), fünfte Zeile – ein Wort.

[5] *Jeschuah* – hebr. Heil, Rettung, zugleich die hebräische Form des Namens „Jesus".

Arbeitszimmer

Schwarz-weiß
das Papier
auf meinem Schreibtisch.
Ich sehe nicht durch.
Überfordert.

Kyrie

Ungeweint –
die Tränen.
Schmerzen tief vergraben.
Ich bin enttäuscht, verletzt.
Trauerzeit.

Misericordias Domini[6]

Sanft.
Heilige Stille
berührt die Wunden.
Ich spüre heilende Liebe.
Schalom.

---

[6] Misericordias Domini („Barmherzigkeit des Herrn") heißt der zweite Sonntag nach Ostern.

Ambivalenz

Bunt
die Begegnungen,
vielfältig, beglückend, reich.
Ich kann nicht mehr.
Zuviel.

Kinder Gottes   ## Misshandeltes Kind

Wer

wird uns   Wer

trennen können   kann ermessen

von der Liebe Christi -:   des Kindes Verwirrung?

Bedrängnis   Verwundet, gequält, zerstört, verlassen –

oder Angst   durch Menschen, die schützen sollten.

oder Verfolgung   Stumm deine Schreie, erstickt deine Tränen,

oder Hunger   zu Stein erstarrt, Seele, zersprungen in Scherben.

oder Blöße   Ich   weine   um   dich   und   höre

oder Gefahr   den   Schrei,   suche   die   Tränen

oder Schwert?...   und fühle den Schmerz.

In all dem tragen wir   Werden wir finden,

einen überwältigenden Sieg davon   was   dich

durch den, der uns geliebt hat.[7]   belebt?

---

[7] Römer 8,35.37. Übersetzung: Ulrich Wilckens, in: Der Brief an die Römer, EKK VI/2, S. 170.

Fragen[8]

Gott, mein Gott,

warum gibt es dieses Elend?

Gott, mein Gott,

warum siehst du dabei zu?

Ich kann dein Licht nicht sehen – hilf diesem Kind!

Du bist doch unser Vater – zeig deine Macht!

Gott, mein Gott,

warum hast du nicht geholfen?

Du, mein Kind,

warum hörst du nicht mein Klagen?

Ich, dein Gott,

suche lange schon nach Helfern.

So viele wollen taub sein – hören mich nicht!

So viele wollen blind sein – sehn nicht die Not!

Du, mein Kind,

wirst du meinem Anruf folgen?

Gott, mein Gott,

ja, ich will, dass du mich leitest.

Gott, mein Gott,

wirst du deine Gnade schenken?

Zu groß ist dieser Auftrag – klein meine Kraft!

Zu schwer sind solche Lasten – Sehen tut weh!

Gott, mein Gott,

ja, ich geh den Weg mit Zittern.

---

[8] Nach dem Lied von F. Gottschick: „Gott, mein Gott, warum hast du mich verlassen?" EG 381.

Du, mein Kind,

warum hast du keinen Glauben?

Ich, dein Gott,

werde meine Macht erweisen

zu heilen und zu retten – kennst du mich nicht?

Mein Sohn – er trug die Schmerzen für alle Welt.

Er, der Sohn,

hat den Sieg des Lichts erstritten.

Therapeutisches Team

Missbrauchte missbrachen,

so heißt es.

Ja, ich weiß, es ist wahr.

Und wir, was tun wir?

Wir nähern uns nur

in wachsamer Vorsicht.

Die Starken sind wir,

wir setzen die Grenzen.

Und gut.

Übertragung,

so heißt es.

Ja, ich weiß, es ist wahr.

Und wir, was tun wir?

Wir machen's bewusst

und lösen es auf.

Die Starken sind wir,

wir schauen schnell durch.

Okay.

Fehlgeleitete Aggressionen,
so heißt es.
Ja, ich weiß, es ist wahr.
Und wir, was tun wir?
Wir nehmen's gelassen
und fangen es ab.
Die Starken sind wir,
es macht uns nichts aus.
Oder doch?

Traumatisierte traumatisieren,
so heißt es.
Ja, ich weiß, es ist wahr.
Und wir, was tun wir?
Wir schützen uns gut
und schaffen's doch nicht.
Die Starken sind wir,
wir müssen es sein.
Tief drinnen der Schmerz.

Die Starken zerbrechen,
es geht ganz schnell.
Was hilft zu bestehen
in diesem Kampf?...

Die Ohnmacht bejahen,
akzeptieren den Schmerz...

Und sieh, er wird zum Weizenkorn,
aus dem neue Stärke wächst,

eine Stärke, die nicht hart macht,
die das Tor zum Leben öffnet:

Hören auf das Unsagbare
in dem Nahsein, das nicht ängstigt.
Weinen mit den Tränenlosen
in der Festigkeit der Liebe.

Schweigend, weil die Worte fehlen
angesichts von so viel Grauen,
lausche ich mit dir zusammen
nach dem Wort, das weiterhilft,
schau ich aus an deiner Seite
nach dem Licht, das Wunden heilt.

Ärgerlich

Bibeltext: Lukas10,38-42

Martha ist eine überaus tüchtige Frau. Ihren Haushalt führt sie vorbildlich. Sie scheut keine Mühe, sobald ein Gast vor der Tür steht. Ob sie ihn nun kennt oder nicht, er wird bestens bewirtet. Und wenn er will, richtet sie ihm ein Quartier für die Nacht.

Auf diese Weise lernte sie auch Jesus mit seinen Freunden kennen. Dreizehn Männer unterzubringen, das war selbst für eine Frau wie Martha eine Herausforderung. Aber sie fühlten sich so wohl in ihrem Hause, dass sie öfter kamen. Echte Freundschaft entwickelte sich daraus. Martha wusste, wie sehr Jesus sie schätzte. Das tat ihr gut. Einmal allerdings ärgerte sie sich mächtig über ihn. Wieder war er mit seinen Freunden bei ihr zu Gast. Normalerweise half ihr Maria, ihre Schwester, das Essen zuzubereiten und aufzutragen.

Heute aber hatte sie sich einfach mit zu den Männern gesetzt. Sie saß still dabei und hörte zu. Als gäbe es für sie nichts anderes zu tun! Als ginge es sie nichts an, ob die Gäste zu essen und zu trinken haben. Dabei weiß sie doch, wie viel Arbeit damit verbunden ist! Schon zu zweit ist das mehr als genug. Außerdem gehört es sich einfach nicht, als Frau in der Männerrunde zu sitzen und zuzuhören. Martha fühlte sich allein gelassen. Niemand schien von ihr Notiz zu nehmen, auch Jesus nicht. Aber ihre Dienste, die nahmen sie selbstverständlich in Anspruch. In ihr kochte es.

Schließlich hielt sie es nicht mehr aus. Sie stellte sich vor Jesus hin. Vorwurfsvoll fragte sie ihn: „Herr, kümmert es dich gar nicht, dass meine Schwester mich mit aller Arbeit allein lässt? Sag ihr doch, sie soll mir helfen!" So, nun war es heraus. Martha hatte erwartet, dass Jesus sie in Schutz nimmt. Sonst hatte er sich oft bei ihr bedankt für ihre Mühe, ganz von Herzen. Heute aber sagte er nur: „Martha, Martha, du bist um so vieles besorgt und beunruhigt." Natürlich war sie beunruhigt, sie wollte doch alles gut machen. Aber allein schaffte sie es nicht! Warum verstand er sie nicht? Dann fuhr er fort: „Aber nur eines ist nötig. Maria hat das gute Teil erwählt, das soll ihr nicht genommen werden." Das war ein Hammer. Alle ihre Mühe und Fürsorge – nicht nötig? Die würden sich aber umschauen, wenn sie alle Fünfe gerade sein ließ – so wie Maria! Martha war verletzt. So wenig zählte ihr Einsatz? Wofür rackerte sie sich eigentlich ab? Und das Eine, das angeblich nötig wäre, was sollte das bitteschön sein? Maria hatte alles stehen und liegen lassen, um Jesus zuzuhören. War es das? Aber die Arbeit macht sich trotzdem nicht von allein!

Wütend ging sie zurück in die Küche. Sie verstand Jesus nicht mehr. Die Tränen liefen ihr übers Gesicht, während sie die Obstschalen richtete. Zurück zu den Männern ging sie nicht mehr. Irgendwann kam Maria, um aufzutragen. Sie sprachen kein Wort miteinander. Erst am nächsten Tag. Maria kam auf sie zu. „Weißt du, Martha, als ich hörte, wie Jesus sprach, da habe ich etwas getan, was ich bis gestern nie gewagt hätte: Ich bin aus der Rolle gefallen.

Alles um mich her habe ich vergessen. Ich habe seine Worte in mich aufgesogen wie ein trockener Schwamm. Und ich habe gemerkt, wie sie mir Kraft geben. Ich kann das gar nicht beschreiben. Ich wusste einfach: Jetzt gibt es nichts Wichtigeres als ihm zuzuhören. Das Essen war nicht so wichtig, keinem in der Runde. Du hättest ruhig auch dazu kommen können. Wir hätten das anschließend gemeinsam geschafft. Wetten, dass Jesus selbst mit Hand angelegt hätte?" – „Aber das geht doch nicht!" entgegnete Martha. „Ich kann doch einen Mann, noch dazu einen Gast, nicht zum Tischdecken anstellen!" – „Doch" sagte Maria, „bei Jesus geht das. Ihm zuzuhören ist das Wichtigste. Und dann regelt sich alles andere."

Martha war immer noch verletzt. Aber Marias Worte hatten sie nachdenklich gemacht. Könnte es sein, dass Jesus nicht in erster Linie ihre Dienste in Anspruch nehmen wollte, sondern dass er einfach nur mit ihr zusammen sein wollte? Das wäre eine neue Art von Freundschaft zwischen einem Mann und einer Frau. Sie wäre um ihrer selbst willen geachtet und nicht wegen ihrer Tüchtigkeit. Oft dachte Martha darüber nach. Langsam ging ihr auf, wie sehr Jesus sie würdigte, indem er nicht so sehr an dem, was sie für ihn tat, interessiert war, sondern an ihr selbst. An ihrer Liebe. Jesus Freundin sein, ja, das wollte sie von Herzen. Seine Worte in sich aufnehmen. Und im Hören auf ihn heraus finden, was jetzt im Moment das Gute ist.

Das Tor

Bibeltext: Lukas 7,11-17

Ich bin ein Tor. Nein, kein Dummkopf, wie manche vielleicht denken. Ein richtiges Tor, eines, das sich öffnen und schließen kann. Ein Stadttor, wenn ihr's genau wissen wollt. Meine Stadt ist nicht gerade bedeutend: Nain, etwa fünfzehn Kilometer südöstlich von Nazareth gelegen.

Wie jedes Stadttor schütze ich das Leben in mir. Freude und Leid, Arbeit und Spiel, Hoffnung und Angst – das alles spielt sich in meinem Inneren ab. Glaubt mir, da erlebt man so einiges!

Ein Ereignis hat sich mir besonders eingeprägt. Davon will ich euch erzählen. Es war zunächst ein Tag wie viele andere. Nicht ganz: Ich erwartete Besuch. Jesus wollte kommen mit seinen Freunden und vielen, vielen Menschen. Ich freute mich darauf, ihn einzulassen. Denn ich wusste damals schon, mit ihm kommen Lebensfreude und Hoffnung. Frischen Wind würde er mitbringen, und vielleicht - so hoffte ich - würde er ja auch in mir etwas heilen. So wie ich es aus anderen Städten gehört hatte. Jedenfalls erwartete ich viel Gutes von ihm. Andererseits hatte ich Angst: Er würde Unruhe bringen. Die vielen Menschen, die er mitbrachte – würde ich sie verkraften? Trotzdem, ich wollte mich öffnen für ihn.

Gleichzeitig beschäftigte mich etwas anderes. Ein Junge war gestorben. Natürlich gehört Sterben dazu. Als Tor muss ich aus mir heraus lassen, was gestorben ist. Sonst vergiftet es mein Inneres. Loslassen muss ich, immer wieder. Draußen vor der Stadt wird es begraben. So wird wieder Raum für Neues. Diesmal aber war es anders. Der Junge war der Inbegriff von Zukunftshoffnung. Ein strahlender, kräftiger Junge war er. Er war zum Leben bestimmt. Seine Mutter hatte schon so viel erlitten. Ihr Mann starb vor Jahren. Schwer hatte sie zu tragen an diesem Verlust. Aber sie hatte es geschafft, ihr Kind - das einzige übrigens - zu ernähren. Und mit ihm hatte sie die Hoffnung genährt, die Hoffnung, Halt und Schutz zu finden. Doch nun war diese

Hoffnung gestorben. Ihre ganze Freude, ihr Trost – alles gestorben. Außerdem glaubte sie, dass sie selbst irgendwie daran schuld sein müsse. Gott habe sich von ihr abgewandt. Denn wenn so junges Leben stirbt, meint man, ist das bestimmt eine Strafe. Die Mutter war wie versteinert. Ich als Tor fürchtete, sie würde sich künftig überhaupt nicht mehr hinaus trauen. Sie würde irgendwo in einer Ecke dahin vegetieren, allein und ohne Beistand.

Eigentlich brauchte ich als Tor mich gar nicht so intensiv mit ihr zu befassen. Es gab ja neben ihr auch noch das pulsierende Leben. Aber wenn ich solch große Trostlosigkeit beherberge, wirkt sich das irgendwie auf alles andere aus. Und außerdem: An dem Tag sollte die Beerdigung sein, da musste ich den Zug der Trauer heraus lassen. Ich spürte ihn schon. Die Klage wurde hörbar und immer lauter. ‚Heute ist die Mutter nicht allein, aber schon morgen wird sie es sein.' dachte ich. Von innen also drangen Klage und Trauer aus mir heraus. Ich konnte und wollte sie nicht zurück halten.

Von außen aber kam der andere Zug auf mich zu: Jesus mit seinen Begleitern. Dort hörte ich schon von Weitem das fröhliche Singen. Es wurde gelacht und getanzt. Einige stritten, auch das gehört dazu. Ein Zug voller lebendiger Energie. Würde ich mich weit genug öffnen können, ihn einzulassen? Der Zug der Trauer von innen – der Zug des Lebens von außen, beide bewegten sich auf mich zu. Was würde geschehen? Würden sie aneinander vorbei gehen? Oder würde die Trauergesellschaft mich hindern, die Freude einzulassen? Das wäre schlimm. Schlimm wäre aber auch, wenn diese lebensfrohe Menge, die mit Jesus kam, die Trauer in mein Inneres zurück drängte, denn dann würde die Trauer in irgend einem Winkel meines Inneren übermächtig, tödlich. Ich konnte nicht sagen, welcher Zug stärker war. Beide waren mächtig.

Ich zitterte. Gleich wird Jesus auf die Trostlosigkeit aus meinem Inneren stoßen. Da, er sieht die trauernde, vereinsamte Frau. Er geht nicht an ihr vorbei, sondern direkt auf sie zu. Sofort hat er verstanden, wie verzweifelt sie ist, wie hoffnungslos ihre Lage. Es geht ihm sichtlich nahe. „Weine nicht!"

spricht er sie an. Hat sie nicht ein Recht zu weinen? Es klingt aber gar nicht wie ein Verbot. Es klingt so, als wolle er jetzt gleich etwas tun, dass sie nicht mehr zu weinen braucht. Er tritt noch näher heran. Er berührt sogar den Sarg! Damit macht er sich unrein! Hat er denn gar keine Angst, dem Tod ins Auge zu sehen? Der ganze Toten-Zug bleibt stehen. Jesus stellt sich dem Tod in den Weg! Der hat ja Mut! Jetzt spricht er sogar den Toten an: „Junge, ich sage dir: Steh auf!" Und tatsächlich: Der Junge steht auf und fängt an zu reden. Das ist nicht zu fassen! Als sei es das Normalste von der Welt: Jesus nimmt den Jungen an die Hand und führt ihn zu seiner Mutter. Er gibt ihn ihr zurück.

Ich bin vielleicht froh, dass ich ein solide gebautes Tor bin. Sonst wären meine Grundfesten glatt ins Wanken geraten. Man hört das ja manchmal, dass begnadete Menschen einen Toten erweckt haben sollen. Aber erlebt hatte ich es zuvor noch nie. Tot ist tot. Bei Jesus stimmt das so nicht mehr. Die Menschen waren erschrocken. Ein großer Prophet, einer wie Elia ist gekommen. Dann ist ja die Heilszeit nahe! Mehr noch: Gott selbst hat uns besucht. Sie waren erschüttert. So etwas wie ein heiliger Schrecken hatte sie ergriffen.

An dem Tag habe ich die Mutter und ihren Jungen nicht mehr gesehen. Später noch oft. Sie wohnten in meiner Stadt und waren glücklich. Der Junge hat ein Handwerk erlernt, eine Familie gegründet. Sein Betrieb hat der ganzen Stadt gut getan. Und seine Mutter, was meint ihr, wie die sich über die Schwiegertochter und über die Enkel gefreut hat! Sie ist richtig aufgeblüht nach dieser Begegnung mit Jesus.

Das ging übrigens allen so, die ihn aufnahmen – auch mir selbst. Ein Glück, dass ich mich für ihn geöffnet habe! Noch lange habe ich nachgedacht über dieses Geschehen: Wie er dem Toten-Zug entgegen getreten ist, ihn gestoppt hat, den Toten angesprochen. Ein Dichter hat das mal so ausgedrückt: Er ist „der Tod des Todes", er bringt „dem Tod den Tod".

Ihr wendet ein: Den Tod gibt es immer noch! Klar, und wie! Nach wie vor verlieren Menschen Hoffnung und Mut, sind trostlos und verzweifelt. Jesus selber ist gestorben. Der Tod war seines Sieges gewiss – aber nicht lange! Jetzt, nach diesem denkwürdigen Passa-Fest am Abend vor seiner Hinrichtung, ist er überall zu finden – in unterschiedlichster Gestalt.

Ich als Tor habe mir einfach Folgendes zu Herzen genommen:

Was in mir trostlos ist, verzweifelt, hoffnungslos – ich achte darauf, dass es bei mir einen Ausgang findet. Ich lasse es heraus und vergrabe es nicht in meinem Inneren. Ich lasse los, was nicht mehr leben soll und kann.

Wenn Jesus auf mich zukommt, will ich mich für ihn öffnen und ihn einlassen – ganz gleich, ob er als Hilfesuchender kommt oder als Theologe, als Gospel-Musiker oder als Taizé-Bruder. Er verkleidet sich nämlich gern, das habe ich gemerkt. Hoffentlich erkenne ich ihn immer.

Ich stelle mich mit ihm dem Tod entgegen: Wo immer ich kann, verschließe ich mich gegenüber dem Unrecht – und öffne mich für die, die Unrecht erleiden. Ich verschließe mich gegenüber der Habgier – und öffne ich für die, die Hilfe brauchen. Das ist aber manchmal gar nicht so leicht, manchmal entscheide ich mich auch verkehrt. Deshalb ist das Wichtigste:

Ich habe Jesus bei mir einziehen lassen und Wohnrecht gegeben. Ich will besonders aufmerksam sein, wenn ich seine Stimme höre. Er hilft mir zu entscheiden, wann ich mich öffnen oder verschließen soll. Und ich hoffe darauf, dass er das Trostlose in mir anrührt, Erstarrtes belebt, Erstorbenes erweckt zu neuem Leben.

In mir und in meiner ganzen Umgebung.

IV. bildhaft

Meditationen und Gedichte

Der Brunnen[9]

Ein jeder ist anders, ein jeder ist schön
und kunstvoll gestaltet zum Dienst für die Welt.
Sie will von ihm trinken, er soll sie erfreun.
Doch gibt er auch Wasser - erfrischend und rein?

Er hat nichts zu geben. Beschmutzt steht er da.
Verstopfte Kanäle, vertrocknet und leer.
Was ist ihm geschehen? Wer tat ihm das an?
Vergaß man zu pflegen ihn? Ward er missbraucht?

Er braucht einen Meister. Der müht sich um ihn.
Der steigt in die Tiefe. Er reinigt, saniert,
legt frei, was verschüttet, mit achtsamer Hand.
Schon sprudelt die Quelle, spült fort allen Schmutz.

Kristallklar das Wasser. Die Freude bricht durch.
Wie Edelstein funkeln die Tropfen im Licht.
Der Brunnen lebt auf, voller Schönheit und Kraft.
Mit Sorgfalt und Liebe der Meister ihn pflegt.

Das Leben durchströmt ihn. Er lässt es geschehn.
Nimmt auf und gibt weiter, wird selbst dabei reich.
Sie kommen und trinken und freun sich an ihm:
Ein Quellort des Segens der dürstenden Welt.

---

[9] Die Brunnen in einem Kurort - Bild für Menschen im Burnout.

Pontifex - Brückenbauer

Er sieht dich
am fremden Ufer
ignoriert nicht
das Trennende
spürt die Spannungen
erleidet den Riss.
Der Graben ist breit.

Er bahnt
über den Abgrund
den Weg.
Erschließt dir
die Weite
der Welt.
Leben blüht auf.

Zwei Felsen

Bibeltexte: Psalm 18,3; 62,3 - Jeremia 5,3; 23,29

stark

tragender Grund

gibt Halt mir und Weite

DU - Fels meines Heils

starr

tödlicher Druck

erloschenes Feuer

Du - Steinherz voll Angst

wie prallt ihr zusammen - was bricht da entzwei

gewaltige Kräfte verwandeln den Stein

der Starke zerschlagen, der Felsen zerreißt

ein Quell ist entsprungen, lässt Wüsten erblühn

das Steinherz hat Risse - die Quelle dringt ein

belebt das Erstarrte und löst das Geröll

so bist DU der Hammer, der Felsen zerschlägt

zerbrechend befreist und erneust DU die Welt

Türme

Eine Meditation zu Jesaja 2,12-17

Herr, ich möcht' ein **Burgturm** sein:
Ich biete Schutz.
Kommt her zu mir!

Doch du sagst: Nein.
Lass dich befrein!
Deine Mauern
verletzen
meine Liebe,
meine Liebe
gibt Schutz.

Herr, ich möcht' ein **Leuchtturm** sein:
Ich gebe Licht.
Habt acht auf mich!

Doch du sagst: Nein.
Lass dich befrein!
Deine Mauern
verdunkeln
mein Licht,
mein Licht
rettet euch.

Herr, ich möcht' ein **Kirchturm** sein:
Ich zeig' euch Gott.
Kehrt bei mir ein!

Doch du sagst: Nein.

Lass dich befrein!

Deine Mauern

versperren

den Weg,

den Weg

zeige ich.

Du sagst:

ICH BIN

die Burg,

das Licht,

das Heil.

Kommt her zu mir!

Habt acht auf mich!

Kehrt bei mir ein!

Lass die Türme

Türme sein.

Sei einfach Mensch.

Sei einfach mein.

So kommt

mein Schutz,

mein Licht,

mein Heil

durch dich

in diese Welt.

Im Dorngestrüpp des Lebens[10]

Im Dorngestrüpp des Lebens
Schutz finden
Wärme spüren
gehalten
geborgen
geliebt

Im Dorngestrüpp des Lebens
Schutz geben
Wärme schenken
halten
bergen
lieben

Das Licht Christi
durchbricht das Gestrüpp
erleuchtet mein Leben
strahlt wider
von meinem Gesicht.

---

[10] Zum Bild von Annegret Fuchshuber: Der Gute Hirte.

Baum im Winter[11]

Ich bin wie ein Baum im Winter.
Die Blätter verlor ich im Frost.
Streck aus meine Äste zum Himmel
und warte auf seinen Trost.

Ich bin wie ein Baum im Winter.
Die Frische verlor ich im Sturm.
Empfange nun Kraft aus der Tiefe,
zu trotzen dem tödlichen Wurm.

Ich bin wie ein Baum im Winter.
Die Schönheit verlor ich bei Nacht.
Trag in mir die Farben des Frühlings,
bis neu mir das Leben erwacht.

---

[11] Ewigkeitssonntag 2007, nach der Diagnose Brustkrebs und Beginn der Chemotherapie.

Baum im Frühling[12]

Ich bin wie ein Baum im Frühling.
Die Blätter sprießen mir neu.
Streck aus meine Äste zum Himmel
an Sonne und Wind ich mich freu.

Ich bin wie ein Baum im Frühling,
die Krone in frischem Grün.
Ich trinke die Kräfte der Erde.
Sie lässt mich aufs Neue erblühn.

Ich bin wie ein Baum im Frühling,
und Schönheit wird neu mir geschenkt.
Ich lebe zum Lobe des Schöpfers,
der meiner in Liebe gedenkt.

---

[12] 2008, nach Abschluss der Behandlung.

Musizierende Engel[13]

Willkommen, ihr Boten des Himmels auf Erden!
Ihr kündet von Frieden in düsterer Zeit,
bringt spielend die Hoffnung in unsre Beschwerden,
die Klänge der Freude in Wirrnis und Leid.

Ihr sprecht: Stimmt mit ein, denn der Himmel ist offen!
Der Ewige eint sich mit euch als ein Kind.
Ihn selbst hat das Elend der Erde getroffen.
In Christus er alle zum Leben bestimmt.

Wir hören und wagen es zaghaft zu glauben,
so viel spricht dagegen, so mächtig der Tod –
doch darf er nicht länger die Zukunft uns rauben:
Wir üben mit euch unser *Ehre sei Gott!*

---

[13] Zur Gruppe der musizierenden Engel, Holzrelief von Dieter Schröder (2000), Klosterkirche St. Vitus in Drübeck.

Kruzifixus[14]

Wie kannst du das zulassen, Gott?!
Dass Lüge das Leben vernichtet
und mit ihm das Recht,
dass Liebe wird tödlich verwundet
und mit ihr das Glück,
dass unschuldig stirbt der Geliebte
und mit ihm mein Heil!

Warum schweigst du?
Warum hast du nicht geholfen?
Warum verbirgst du dich zur Zeit der Not?

Ganz leise sprichst du mir zu Herzen:
Schweigend trug ich eure Schuld.
Hilflos starb ich euren Tod.
Verband, was entzweit, im Verborgnen –
die Wahrheit mit Liebe,
das Dunkel mit Licht,
den Tod mit dem Leben,
die Menschen und Gott.

Nun sieh:
Die blutenden Hände – segnen,
mein Herz mit der Wunde - versöhnt,
mein Antlitz, vom Leiden gezeichnet,
bringt Frieden - dir und der Welt.

---

[14] Zum Kruzifix im südlichen Querschiff der Klosterkirche St. Vitus in Drübeck, einer barocken Arbeit aus Oberammergau. Auffällig sind die Segensgeste des Gekreuzigten und die Seitenwunde auf der Herzseite.

Christus-Skulptur[15]

Großer Gott,
Fast hätte ich dich übersehen.
Dabei bist du größer als alles.
Du ragst in den Raum
und störst
die Harmonie.

Es tut weh, dich zu sehen:
die Arme amputiert,
die Füße durchbohrt
das Gesicht verloren
in dornigen Stricken.

Du hängst in den Seilen
verstümmelt
verstummt.

Deine Hoheit - entwürdigt.
Deine Kraft - ohnmächtig.

Du, geschändeter Christus,
erschreckst mich.
Dein verborgenes Antlitz
macht mir Angst.

---

[15] Zur Holzskulptur von Franz Gutmann in der West-Apsis der Klosterkirche St. Vitus in Drübeck.

Schau hin, sagst du.
Schau hin und sieh mich
in den Augen der Unerkannten,
deren Antlitz entstellt.

Schau hin und finde mich
im Seufzen der Verstummten,
die wehrlos
in den Seilen hängen.

Schau hin und geh
zu den Erstarrten,
die fest genagelt
in bohrendem Schmerz.

Lass dich stören von mir,
den du so leicht übersiehst.
Lass dich stören von mir,
dessen Anblick dich schmerzt.
Lass dich stören
um meiner Schwestern und Brüder willen.

ICH BIN
gekommen,
euch zu erlösen.
Hilf mir!

Der Segen der Windmühle

Du mögest
fest gegründet sein wie der Mühlensockel
auf dem Boden der Erde,
auf dem Grund, der nicht wegrutscht,
auf Christus, der liebend dich trägt,
um standhalten zu können
in Regen und Sturm.

empfindsam sein wie die Windrose,
zu spüren, woher der Wind weht,
um seine Kraft nutzen zu können
zum Guten.

beweglich sein wie die Mühlenhaube,
um dich zuwenden zu können
den Dingen,
den Menschen,
den Quellen der Kraft.

Flügel haben im Zeichen des Kreuzes,
um dich bewegen zu lassen
von der Liebe,
vom Leiden,
vom Wehen des Geistes.

Im Räderwerk des Alltags und in deinem Innern
    greife alles gut ineinander,
    damit du verwandeln kannst,
    was dich umtreibt,
    in Kraft, die dem Leben dient.

Und der HERR selbst wohne in dir,
    ER pflege und gebrauche dich
    in Weisheit und Güte.

So wirst du gesegnet sein und
Brot des Lebens
weiterreichen den Vielen.

Druck: KN Digital Printforce GmbH · Schockenriedstraße 37 · 70565 Stuttgart